TAKE
SHOBO

没落令嬢は不眠皇帝陛下の抱き枕になりまして

すずね凜

Illustration
旭炬

蜜猫
MitsuNeko

contents

イラスト／旭炬

没落令嬢は不眠皇帝陛下の抱き枕になりまして

序章

建国以来、安定した国力を誇っているグレゴワール皇国は、文化経済ともに大いに繁栄し、大陸の先進国として君臨していた。


今から約三十年ほど前のことである。

ここは、グレゴワール皇国の首都ウッズ。

街の人々が寝静まった深夜、一人の男性が足早に路地裏を急いでいた。

彼の名はベンジャミン・ド・ブロイ伯爵。頭脳明晰《めいせき》で貴族議会でも気鋭の政治家として、大いに気を吐いていた。

彼はとある建物の角まで来ると、立ち止まって暗闇に向かって声をかけた。

「私だ。ビル」

すると暗闇からぬっと、男の人影が現れた。

「ベン、こんな時間にすまない。この金を、サンベルジュ郊外の妻の実家に届けてほしいのだ。私は妻が病で、どうしても行けぬのだ。君なら信用できる」

男は小さな紙包みを手渡す。それを受け取ったド・ブロイ伯爵は、

「任せてくれ、お大事に。また連絡する」

と相手に声をかけると、踵《きびす》を返して大通りを目指した。

だが、そこまで行き着かぬうちに、ふいに物陰からわらわらと警官たちが飛び出してきたのである。

「ド・ブロイ伯爵殿であられるか？」

警官の一人が誰何《すいか》した。

「その通りだが――」

ド・ブロイ伯爵が戸惑い気味に返答をすると、さっと左右の腕を屈強な警官たちが掴《つか》んだ。

誰何した警官が、ドスのきいた低い声で言う。

「ド・ブロイ伯爵殿、皇帝陛下に対する反逆罪の罪により、逮捕いたします。大人しく警察までご同行願います」

ド・ブロイ伯爵は唖然《あぜん》とした。

「何を言っているのだ？　この私が？　皇帝陛下に忠誠を誓っているこの私が、反逆罪など

と！　なにかの間違いだ！」

するとと、取り押さえていた警官の一人が、ド・ブロイ伯爵の上着の内ポケットから、先ほど預かった紙包みを抜き取った。彼は素早く中身をあらためる。

「これは——各地方の反皇帝派に宛てた密書であります！」

ド・ブロイ伯爵は真っ青になった。

「そ、そんなバカな！　私は何も知らぬ！」

彼の悲痛な声は、夜の闇の中に吸い込まれていった——。

第一章　没落令嬢は、皇城へ上がる

「叔母様、今朝は農場の鶏《にわとり》がとてもコクのある卵をたくさん生んだの。美味《おい》しいオムレツを作ったわ」

フォステーヌは、朝食を乗せたワゴンを押して、叔母の寝室へ入って行った。

小柄だがメリハリのある女性らしい身体のラインを、叔母の古着のドレスに包み、蜜色の艶《つや》やかな髪は無造作にうなじで束ね、アクセサリーは亡き母の形見の小さなルビーのネックレスのみ。飾り気がまったくないのに、深い緑色の瞳の色白で鼻筋の通った美貌は、隠しようもない。

「ああ、フォステーヌ。いつもすまないねえ」

アルノー子爵の未亡人である年老いた叔母は、のろのろとベッドから半身を起こそうとした。

フォステーヌは素早く叔母の身体を支えて起こし、背中に枕を当ててやる。

「いいのよ、叔母様。行きどころのなかった没落貴族の私を、このお屋敷に住まわせてくださったただけでも、とてもありがたいんですから」

ベッドの上に簡易テーブルを置き、運んできた食事を並べる。

ほかほか湯気の立ったオムレツは、香ばしいバターの香りがし、焼きたてのクロワッサンは皮がまだぱりぱりだ。

フォスティーヌはカップに紅茶を注ぎ、叔母にすすめる。

「さあ、冷めないうちにどうぞ」

叔母はフォークを手にし、ゆっくりと料理を口に運ぶ。彼女の皺《しわ》だらけの顔が、嬉《うれ》しげにほころんだ。

「ああ、美味しいわ――伯爵令嬢のあなたに、侍女みたいなことばかりさせて、ほんとうに申し訳ないわ」

叔母が少し声を震わせた。歳《とし》のせいか、最近の叔母はすぐ涙ぐむ。

フォスティーヌは微笑《ほほえ》んだ。

「いいえ、自分でなんでもするのって、とても気持ちいいわ。それに、正直、うちには何人も侍女を雇う余裕なんてないもの。その分のお金は、叔母様の医者代に回したいわ」

「フォスティーヌ――でも、あなた、もうすぐ十八になるというのに。若い娘らしい楽しみなことを、なにひとつしてやれなくて――」

「ううん、叔母様がいつまでもお元気で長生きされることが、私の一番の楽しみよ。さあ、もう少し食べてくださいな」

「ええ、わかったわ」

食事が終わると、フォスティーヌは食べ終えた食器を片付け、再び叔母をベッドに横たわらせると、ワゴンを押して寝室を出た。

台所で食器を洗い終え、腰に付けたエプロンで手を拭きながら、ひとりごちる。

「さて、午後の果樹園の見回りまで、図書室にでも行こうかな」

屋敷の小さな図書室に入ると、フォスティーヌは窓を大きく開けた。

初夏の爽やかな風が吹きこみ、窓からは緑が滴るような山や森が見える。

アルノーの屋敷は、首都から遠く離れた山に囲まれた田舎にある。

この家の収入は、叔母のわずかな未亡人年金と小さな領地の果樹園の上がりで賄っている。

侍女を雇う余裕もないこの屋敷は、台所係の年取った侍女がひとりいるきりで、フォスティーヌはほとんどの家事をこなし、ささやかな果樹園と数十名の領民たちの管理もすべて行ってるのだ。

フォスティーヌは二十歳になったら、都会に出て、どこかの金持ち貴族の住み込みの家庭教師になって、叔母に仕送りしようと思っている。

そのために、勉強は欠かせない。

幸い、亡きアルノー子爵は碩学《せきがく》な人だったらしく、蔵書は豊富に揃《そろ》っていて、フォスティーヌは独学でも十分学ぶことができた。

書き物机に向かって綴《つづ》り方《かた》の本を紐解《ひもと》きながら、フォスティーヌはふと、先ほどの叔母の言葉を思い出した。

『もうすぐ十八になるというのに。若い娘らしい楽しみを、なにひとつしてやれなくて――』

そうだ、来月には十八歳になる。

世が世なら、ド・ブロイ伯爵家の令嬢として、華々しく社交界にデビューし、ダンスを楽しみ、同じ年頃の令嬢たちと最新流行のファッションやオペラ談義に花を咲かせ、どこかの夜会で素敵な殿方と恋に落ちていたかもしれない。

でも、今のフォステーヌにはそんなことは、夢のまた夢だ。

ド・ブロイ伯爵家は、祖父が反逆罪の罪で投獄され、領地のほとんどを国に取り上げられてしまった。祖父は獄死し、心労のためか祖母も後を追うように亡くなり、残されたフォステーヌの両親は、反逆者の没落貴族家と後ろ指を差されることを恐れ、田舎の小さな屋敷に引きこもった。フォステーヌはそこで生まれたのだ。

フォスティーヌが八歳の時、両親は流行病《はやりやまい》で次々にこの世を去ってしまった。

一人残されたフォスティーヌは、両親の遺志で、遠縁の叔母の家の養女になった。

それで、今は叔母の姓であるアルノーを名乗っている。

だが、フォスティーヌは密《ひそ》かにド・ブロイ伯爵家の再興を願っているのだ。

両親は、死ぬまで祖父の冤罪《えんざい》を信じていた。

亡き母は、子守唄代わりにフォスティーヌに繰り返し言い聞かせたものだ。

「あなたのお祖父様《じいさま》は、祖国に忠誠を誓っていたとてもご立派な方でした。皇帝陛下への反逆罪など、ありえないことです。どうかフォスティーヌ、ド・ブロイ伯爵家の誇りだけは失わないでちょうだいね」

フォスティーヌは生前の祖父のことはなにひとつ知らないが、成長して、残された祖父の著作や書き物などを読むにつけ、頭脳明晰で皇帝家を非常に尊敬してた人物だと思えた。

フォスティーヌも、祖父の冤罪を信じていた。

彼女は立ち上がり、ずらりと並んだ本棚の一番隅に歩いていく。

最上段の辞典が並んでいる中から、分厚い植物図鑑を取り出した。

それを開くと、中がくり抜かれていて、一冊の小さな日記帳が隠されている。

これは祖父の若かりし頃の日記帳だった。

それも、反逆罪で逮捕された年のものだ。

この日記は、叔母の家に来る前、フォスティーヌが自宅の書架で偶然発見した。

フォスティーヌはその日記帳をぱらぱらとめくった。生前の祖父の、日々の徒然《つれづれ》が綴《つづ》ってあった。

日記の一番最後に、一枚の手紙が挟まっている。

模様入りの高価な便箋に、特徴的な筆記体で、

「ベン、君に頼みたいことがある。明日、深夜二時、サモン街の二番地の街角に来てくれたまえ。ビル」

と、記されている。日付は、祖父が逮捕された前日だ。

ベンは、祖父の名前のベンジャミンの愛称だ。

フォスティーヌは、このビルなる人物が、祖父を事件に巻き込んだのではないか、と疑っている。祖父がわざわざこの手紙だけを隠しておいたのは、ビルという人物になんらかの疑念を持っていたからかもしれない。

「お祖父様、私、いつかきっとド・ブロイ伯爵家の名誉を回復してみせます」

フォスティーヌは日記帳を胸に抱きしめ、そっとつぶやいた。

今の彼女にとって、それは未来への唯一の希望でもあったのだ。

数日後のことである。

いつもの通り叔母の寝室に朝食を運んでいくと、珍しく叔母が自分で半身を起こして待ち受けていた。彼女はいつになく機嫌が良さそうだ。

「ああフォスティーヌ、待っていたのよ！　あなたに朗報よ！」

フォスティーヌは目を丸くする。

「朗報？　私に、ですか？」

叔母は枕の下から一葉の封筒を取り出した。

グレゴワール皇家の家紋である、双頭の鷲《わし》の封印が押されてある。

「あのね、オリヴィエ皇帝陛下がある程度身分のある貴族の令嬢を、身の回りの世話係に募集なされたの。それでね、私、あなたを応募してみたのよ」

「オリヴィエ皇帝陛下の？」

その名前を聞いた瞬間、フォスティーヌの心臓がどきんと跳ね上がった。

叔母は興奮気味に言う。

「そうしたらね、最終候補の十人にあなたが選ばれたの！　来週、首都の皇城で、陛下の御前《ごぜん》で最終選考がなされるのよ！」

フォスティーヌはぽかんとしてしまう。

「わ、私が、皇城へ？　陛下のお世話係？」

嬉しげな叔母とは裏腹に、フォスティーヌは複雑な気持ちになる。

「そんな……田舎者の私なんかが、いきなりお城へなんか……ここでやるべき仕事がいっぱいあるのに……」

「フォスティーヌ」

叔母がキッと表情を正した。

「あなたはまだ若いのよ。あなたのやるべきことは、老人の世話や田舎の管理人じゃないわ。あなたはもっと青春を、恋を楽しむべきなのよ。首都に行けば、素敵な貴族の青年との出会いもあるかもしれないわよ」

「恋……なんて、そんなの、私には縁のないことで……」

「いいから、来週、お城へ行きなさい。ね、ちょっとした小旅行だと思えばいいじゃない。あなた、お城に行けて、美男子と評判の陛下にお目にかかれるのよ。応募に受かる受からないに関わらず、首都の観光でもして、楽しんでいらっしゃいな」

「叔母様……」

フォスティーヌは叔母の思い遣《おもや》りある言葉に、胸がいっぱいになる。

確かに、魅力的な提案だ。

もう十年以上前、フォスティーヌは一度だけ首都の皇城に上がったことがある。

そこで、まだ皇太子だったオリヴィエにも会った。

その時の思い出は大方がほろ苦いものだったが、オリヴィエはとても颯爽《さっそう》として魅力的な人だった。フォスティーヌは胸の奥で、密かにその時の皇太子オリヴィエの面影を大事に仕舞《しま》い込んでいた。

オリヴィエにもう一度会える。

それだけで、脈動が速まり、気持ちが浮き立ってくる。

フォスティーヌはおずおずと尋ねる。

「あの……行ってもいいのですか？　その間、叔母様のお世話は？」

叔母がぱっと表情を明るくした。

「ああ、よかった！　ぜひお行きなさい。あなたのいない間の私の世話は、近くに住む気立ての良い領民の娘さんに、もう頼んであるから。首都行きの馬車の手配もしてあるのよ」

「叔母様ったら……」

すでに手はずを整えてあった叔母の気持ちが嬉しくて、フォスティーヌは思わず彼女に抱きついた。

「ありがとう、叔母様！　ほんとうにありがとう！」

叔母はフォスティーヌの背中を優しく撫《な》でた。

「いいのよ、あなたはずっと苦労してきて、私の世話も献身的にしてくれて。私は、養女のあなたに、娘らしいことをなにひとつさせて上げられなくて、ごめんなさいね」

「いいえ、いいえ、叔母様」

フォスティーヌは涙ぐみながら、叔母の顔を見つめた。

「国中から身分の高い選《よ》り抜《ぬ》かれたご令嬢が集まるでしょうから、どうせ採用なんかされないに決まってるけど、この機会に、うんと見聞を広めてくるわ」

叔母も潤んだ瞳で見返す。

「そうね、ぜひ楽しんでいらっしゃい」


その晩。

屋敷の見回りを終えたフォスティーヌは、自分の部屋で寝間着に着替えていた。

まさか自分が皇帝陛下の世話係の候補者に選ばれるなんて、夢みたいだ。

「でもきっと、私なんかよりずっとずっと綺麗《きれい》で洗練された方々がおいでになるに違いないから……気が楽だわ」

そう自分に言い聞かせる。

　オリヴィエ皇帝陛下に会える。

　どんなにご立派に成長なされたろう。

　五年前に、前皇帝亡き後、弱冠二十歳で即位した若き皇帝の噂《うわさ》は、こんな辺鄙《へんぴ》な田舎町にも流れてくる。

　曰《いわ》く、長身でハンサム、文武両道で沈着冷静にして切れ者。現在齢《よわい》二十五にして、すでに稀《き》代《たい》の賢帝であるとの評判だと。

　フォステーヌはベッドに腰掛け、初めて皇太子オリヴィエと出会った時のことを思い出す。


　その日は、前皇帝陛下の在位五十周年のお祝いで、皇城には全国の貴族が招待されることになっていた。

　田舎に引き籠もっていたド・ブロイ伯爵家にも、儀礼的に皇城の大舞踏会の招待状が届いていた。

　反逆者の汚名を着せられたド・ブロイ伯爵家の両親は、招待に応じる気は無かった。

　だが、母は招待状と別にもう一枚入っていた書類を見て、父に相談したのだ。

「あなた——オリヴィエ皇太子殿下を囲んで、十二歳までの令嬢を集めてのお楽しみ会が催されるようですわ。音楽会や即興劇、お菓子やお花のお土産もあるそうよ。どうかしら――フォスティーヌだけでも皇城に行かせてあげましょうよ。幼い子どもならば、無下に扱われることもないでしょう」

「そうだな――フォステーヌには貴族の令嬢らしいことを、なにひとつさせてやれなかったからな。せめてこの機会に、華やかな社交界の雰囲気を味わわせてあげようか」

両親は、貧しい家計の中からやりくりして旅行代を捻出し、フォスティーヌだけを首都に送り、皇城のお祝いに出席させることにしたのだ。

年取った侍女だけをお供に、七歳のフォステーヌは生まれて初めて首都に出かけ、皇城に上がった。

高い尖塔《せんとう》がいくつもある白亜の皇城は、幼いフォスティーヌには天まで届くような大きさに思えた。

それぞれに着飾った大勢の貴族たちが、豪華な馬車で乗り付け、次々に広い正門から城の中へ入っていく。

小さな貸し馬車でやってきたフォスティーヌは、母のお下がりを仕立て直したドレスを着ていて、少しだけ気が引けた。

けれど、それよりもお城に入って皇帝陛下や皇太子殿下にお目通りをし、お祝いの会を楽しむという一大イベントへの興奮の方が優《まさ》っていた。

侍女に手を取られ、ドキドキしながら皇城の中へ入る。

玄関ホールだけで、ド・ブロイ伯爵家の屋敷がまるごと収まりそうなくらい広い。天井は聖堂みたいに高いドーム型で、美しいフレスコ画が一面描かれてあった。呆然《ぼうぜん》としていると、侍女が係の者に招待状を見せ、別室に案内された。

「ここがご令嬢様方の控室でございます。後ほど、皇太子殿下がおいでになりましたら、広間の方へご案内します」

案内係にそう言われ、フォスティーヌは控えの間に入る。

明るい控えの間には、着飾った同じ年頃の少女たちが大勢いて、賑《にぎ》やかにおしゃべりしたり、用意されたお菓子やお茶に舌鼓を打ったりしている。

フォスティーヌがおずおず入っていくと、さんざめいていい少女たちが、ぴたりとおしゃべりを止めた。

皆がじろじろとこちらを見るので、フォスティーヌは思わず足を止めてしまう。でも、勇気を出して、笑顔を浮かべて挨拶をした。

「あの……ごきげんよう」

すると、少女たちの輪の中心にいたひときわ豪華なドレス姿の栗色《くりいろ》の髪の少女が、つんと顎を反《そ》らせて言い放った。

「あら、どこのおばあさんかと思ったわ。だって、そんな古臭いドレスをお召しになってるんですもの。若草色なんて、今一番流行遅れの色ですのに。まるで葉っぱを身に纏《まと》ってるみたい」

どっと周囲の少女たちが笑う。

確かに、フォスティーヌ以外の少女たちは、赤やピンク、黄色やオレンジなど、暖色系の色のドレスばかりだ。

栗色の髪の少女はレースをふんだんに使った真っ赤なドレスを着こなし、いかにも洗練された雰囲気で、まだ幼いのに貴婦人のエレガンスをすでに醸し出している。きっと、首都に住む裕福な貴族の娘なのだろう。

それに比べ、フォスティーヌは母のお下がりを仕立て直したいかにも古臭いデザインのドレスで、所作もぎこちなかった。

フォスティーヌは屈辱でかあっと顔に血が上ったが、無言で控えの間の隅《すみ》の椅子に腰を下ろした。

栗色の髪の少女を中心にした集団は、ちらちらとフォスティーヌの方を見ながら、なにやら耳打ちしている。時折、くすくす笑う声に混じり、

「田舎者」

「貧乏貴族」

などと揶揄《やゆ》するような言葉が聞こえてくる。

フォスティーヌはうつむいて、聞こえないふりをした。

憧れと期待に満ちてやってきたのに、都会の令嬢たちはなんて口さがないのだろう。でも、せっかく両親が良かれと思ってここに送り出してくれたのだ。

（楽しいことだけを考えよう。そうよ、もうすぐ素敵な皇太子殿下にもお会いできて、催し物もたくさんあるっていうもの）

フォスティーヌは胸の中で、そう自分に言い聞かせていた。

やがて、皇城の呼び出し係が現れ、恭しく口上を述べた。

「お待たせしました。皆様、どうぞ、奥の広間にお進みください。オリヴィエ皇太子殿下がお待ちです」

はっと控えの間全体に緊張が走る。

少女たちはそれぞれそわそわして身なりを直した。

奥の扉が開く。

フォスティーヌも胸をときめかせながら、令嬢たちの最後尾について広間に入った。

金のシャンデリアがいくつも下がった明るい広間の、一番向こうの階の玉座に、すらりとした少年が座っている。遠目にも、圧倒的な気品と威厳が感じられた。

少女たちは気取った足取りで、しゃなりしゃなりと進んでいく。

近づくと、オリヴィエ皇太子は目の覚めるような美少年であるとわかった。

艶やかな黒髪、切れ長の青い目、鼻筋が通り、白皙《はくせき》の美貌。手足が長く、薄紫色の礼装がよく似合って、姿勢良く玉座に座った姿は、眩《まぶ》しいほど輝いている。

フォスティーヌは思わず見惚《みと》れてしまい、ぼうっと立ち尽くした。

他の少女たちが階《きざはし》の下でスカートの裾を摘んで頭を下げたので、フォスティーヌも慌ててそれにならった。

「本日は、父の生誕記念に皆よく参られた。趣向を凝らした催し物を用意したので、各人存分に楽しむよう」

オリヴィエ皇太子は、まだ声変わり前の澄んだアルトの声で、フォスティーヌの耳に心地よく響く。

あらかじめ決められてあったのか、栗色の髪の少女が一歩前に進み出て、挨拶した。

「本日はお日柄もよく、皇太子殿下にはご機嫌麗しゅう。皆を代表して、私アニエス・ギヨームがご挨拶申し上げます」

ギヨーム嬢は鈴を振るような可愛《かわい》らしい声だ。

「ほお、ではあなたがギヨーム枢機卿《すうききょう》のご令嬢であられるか」

「はい。ギヨーム枢機卿は、私の父でございます。殿下に名前を覚えていただけて、光栄ですわ」

ギヨーム嬢がはしゃいだ声を出し、フォスティーヌの周りの少女たちが悔しげにため息を吐くのがわかった。

（枢機卿様といえば、侯爵の地位を持ち、皇帝陛下の補佐を務める権力のあるお方だ。そんな方の娘さんなら、格別に素敵なのもの当然だわ）

フォスティーヌはあまりの家柄や育ちの違いに、羨《うらや》む気持ちもわかない。

ふいに、広間に待機していた皇室付きの楽団が楽しげな音楽を演奏し、動物の扮装《ふんそう》をした役者たちが出てきて、設《しつら》えられた舞台の上でオペラ仕立ての芝居を始めた。

少女たちは舞台の前に並んだ椅子に腰掛け、芝居を鑑賞する。

フォスティーヌも一番最後に座ろうとして、もう椅子が一つも残っていないことに気が付いた。

「あ……」

係の者を呼ぼうと思ったが、すでに芝居が始まっているので、声を出すことが憚《はばか》られた。

フォスティーヌは仕方なく、最後列で立ったまま芝居を見た。

途中で気がついたが、最前列に座っていたギヨーム嬢が、隣の席に自分のバッグと扇子を置いて、二人分占領していたのだ。だがそれを指摘することは品が無いようで、無言でいた。

なにより、芝居がすこぶる面白かったので、立ちっぱなしでも気にならなかった。

芝居が終わると、次は子犬たちを連れた大道芸人が出てきた。子犬たちが輪くぐりや綱渡りボール投げを披露する。

その様子が可愛らしく、フォスティーヌは声を上げて笑い拍手した。

その後も、手品、紙芝居、腹話術、形態模写など、生まれて初めて見るものばかりの娯楽が次々披露され、フォスティーヌは夢中になって見入っていた。

やがて、休憩時間になり、奥の長いテーブルに人数分のお茶が用意された。

それまで階の上の玉座にいたオリヴィエ皇太子が下りてきて、一番奥の上座に座った。

皇太子殿下とテーブルを共にできるのだ。

少女たちは色めき立った。

ギヨーム嬢は当然のように、オリヴィエ皇太子に一番近い席に座ろうとした。

その時だ。

「そこの若草色のドレスのご令嬢。ここに座るがいい」

凛《りん》と澄んだ声がした。オリヴィエ皇太子だ。

全員がはっとする。

フォスティーヌはぼんやりと立っていた。若草色のドレスは一人だけだが、まさか自分が呼ばれているとは思わなかったのだ。

「あなただ。一番奥の。あなたは催し物の最中、ずっと立っていたろう？　係の者が気が回らず失礼した。さあ、私の隣へ座りなさい」

フォスティーヌは呆然とした。

皇太子自らが、自分を側に招いているなんて。彼はフォスティーヌが立ちっぱなしでいたことに、気がついてくれていたのだ。

信じられない思いで、前に進み出る。

ギヨーム嬢の横を通る時、怖い表情で睨《にら》まれた。

近づくと、オリヴィエはすらりと立ち上がり、優雅な動作でフォスティーヌの椅子を引いてくれた。

「どうぞ」

「あ、ありがとうございます」

フォスティーヌは緊張のあまり声が震えてしまう。

オリヴィエは満足げに頷《うなず》き、自分も着席した。

「では、ご令嬢たちも着席を。お茶を楽しんでくれ」

香り高い紅茶と極上のお菓子が給仕された。

だが、フォスィーヌは何を飲んで食べたのか、全然覚えていない。

すぐそこに、美麗なオリヴィエ皇太子がいる。

彼は令嬢たちの会話に適当に相槌《あいづち》を打ちつつ、美しい所作でお茶を嗜《たしな》んでいる。

フォスティーヌもなにか気の利いたことを言いたかったが、令嬢たちが口にする都会の社交界の話題にはまったくついていけず、無言でいるしかなかった。

時折、ちらちらとオリヴィエがこちらに視線を投げてくる気がして、顔が赤らんだ。

お茶が終わると、最後のゲームの時間になった。

簡単なゲームで勝敗を競い、負けた者には軽い罰ゲームがあるらしい。

ゲームの後には、オリヴィエ皇太子が選んだ令嬢は、一時間だけ彼と二人きりで過ごす特典が与えられるという。

少女たちの間に、闘争心の炎が燃え上がり、表情が一変する。

フォスティーヌは社交界の令嬢というのは、こうも浅ましいものなのか、と内心呆《あき》れていた。

でも、ゲームは楽しもうと気持ちを入れ替えた。

ゲームは少女たちが二手に分かれてわらべ歌に合わせて踊り、それぞれで相談して指名された者同士でじゃんけんをし、負けた者は相手側に入り、最後の一人になった者が敗者だ。

フォスティーヌも交え、二手に分かれてゲームが始まる。

一人一人名指しされ、じゃんけんに負けた者が相手側に抜けていく。

初めは楽しくゲームに興じていたフォスティーヌは、次第に自分側の人数が減っていくことに気がついた。

運任せのじゃんけんのはずなのに、こちら側の者ばかりが負けて、相手に取られていく。

最後の二人になった時、相手側に指名されたのはフォスティーヌではない娘だった。

じゃんけんはその娘が負け、とうとうフォスティーヌは一人きりになってしまった。

「あらまあ、お気の毒様。あなたが罰ゲームね」

相手側の中心にいたギヨーム嬢が、わざとらしく同情めいた声を出し、周囲の少女たちがけたたましく笑った。

その時やっと、自分以外の少女たちが結託して、フォスティーヌを最後にひとりにしたことに気がついた。

「罰ゲームはね、今日一日、この被《かぶ》り物《もの》をかぶること」

ギヨーム嬢が合図すると、彼女が手配したのか係の者が頭に被るものを持ってきた。

「さあ、どうぞ」

差し出されたものは、子豚の顔の被り物だった。

フォスティーヌは屈辱で涙が出そうだった。

なんて下品な嫌がらせだろう。

家に逃げ帰りたい。

でも、両親のせっかくの気持ちを思うと、そんなことはできない。

それに、いくら落ちぶれた田舎暮らしとはいえ、れっきとした伯爵家の娘なのだ。

フォスティーヌは被り物を受け取ると、頭に被り顎の下で紐《ひも》を縛った。

「あらまあ、よくお似合いだわ、さすがに家畜の多そうな田舎からおいでになっただけあるわ」

ギヨーム嬢が感心したような声を出し、再び取り巻きがどっと笑った。

「お褒めに預かり感謝します」

フォスティーヌは平静な声を出すように努め、優雅に一礼してみせると、広間の隅の椅子に腰を下ろした。膝の上でぎゅっと拳を握りしめ、恥ずかしさに耐えていた。

オリヴィエ皇太子の前で、こんな惨めな姿を晒《さら》すことになるなんて。あんなに憧れて楽しみにしてきたこの日が、すっかり台無しだ。

おもむろに、係の者が鈴の付いた杖を振り、全員の注意を喚起した。

「それでは、皇太子殿下からご指名がございます――殿下、どうぞお気に召したご令嬢にお声掛けを」

その場にさっと緊張感が走った。

フォスティーヌは顔を伏せたままだ。どうせ、自分には関係のない話だ。

「そうだな。どの方々も甲乙つけがたいほど優雅でお美しい。とても、一人を選べない。どの方を選んでも、不公平になってしまうだろう」

オリヴィエが考え込むように口を閉ざす。

「さすれば、ご令嬢以外の者を選ぼうか」

こつこつ、と足音が近づいてくる。

フォスティーヌの前で足音がぴたりと止まった。

はっとして顔を上げると、目の前にオリヴィエが立っていた。

彼は優雅に右手を差し出した。

「可愛い子豚さん、しばし私と付き合っていただこうか」

「え……私？」

フォスティーヌは目をぱちぱちした。

オリヴィエの言葉が頭に入ってこない。

ぼうっとしているフォスティーヌの手を、オリヴィエはむずと強引に掴み、引き立たせた。

「おいで」

「あ――」

オリヴィエはすっと自分の右脇を開けた。フォスティーヌは操られたみたいに、そこに左手を添える。

「では皆様、失礼する。この後、侍従たちからお土産が渡されますので、忘れぬよう受け取り、ご無事に帰宅なさるように。よき祝いの日であった」

オリヴィエは爽やかな声を出し、そのまま広間からベランダに出て、さっさと中庭へ入っていく。

「あ、あの……殿下……私なんかで……」

フォスティーヌのしどろもどろの声に、オリヴィエは耳も貸さない。

蔓薔薇《つるばら》の絡むアーチをくぐり抜けると、噴水のある小さな広場に出た。

「ここに座るといい」

オリヴィエが柔らかな声で言い、噴水の前のベンチにフォスティーヌを座らせ、隣に自分も腰を下ろす。

肩が触れるほどの距離にオリヴィエがいるので、フォスティーヌは思わず身をすくめてしまう。

「やれやれだ――とんだ茶番にあなたを巻き込んだね」

オリヴィエはベンチの背もたれに深くもたれ、空を仰いで軽くため息をついた。

「茶番……ですか？」

「そうだ。あの催《もよお》しは、私の未来の花嫁候補を見定めさせるために、父上や家臣が仕組んだものだ。だから身分の高い令嬢ばかり選ばれている。あなたは――」

オリヴィエが気の毒そうな表情になる。

「数合わせと、他の令嬢たちの当て馬の役目で招待されたのだろう」

「数合わせ……」

口惜しさに鼻の奥がツンとした。

唇を噛《か》み締《し》めて堪えていると、オリヴィエの手が伸びてきて、さっとフォスティーヌの頭から被り物をむしり取ってしまう。

「あっ」

「こんな幼稚な嫌がらせをするなんて。あんな気位ばかり高くて偏狭な心の持ち主たちの中から、将来の連れ合いを選べるわけがない――私は自分の意思で花嫁を選ぶつもりだ」

フォスティーヌはドギマギしながら、乱れた髪を手で撫でつける。

「本当に、社交界も皇族も腐敗した輩《やから》ばかりだ——おかげでこの頃、よく眠れん」

憤然としたオリヴィエの横顔に、疲れが見えた。まだ少年と言っていい年頃なのに、老成した疲労感が浮かんでいる。皇太子である立場の重責を、思わずにはいられない。

「あの——殿下。私に無理にお付き合いなさらなくてもよいのですよ。どうぞ、このベンチに横になられて、少しでもお休みになられるといいですわ。噴水の霧は、心を安らかにする成分が含まれているそうです」

フォスティーヌの言葉に、オリヴィエはなにか心打たれたような表情になった。

「——そうか、ではお言葉に甘えて」

やにわに、オリヴィエがころんとフォスティーヌの膝の上に頭を乗せてきた。

「きゃ、あ、殿下……っ」

フォスティーヌは狼狽える。

「うん。柔らかくて心地よい。あなたの膝枕は、とてもいい感じだ」

「い、いえ、あの、だめ、おどきになって……」

突き飛ばすわけにもいかず、フォスティーヌは両手を宙に彷徨《さまよ》わせた。

オリヴィエがちらりとこちらを見上げ、からかうような笑顔を浮かべる。

「休めと言ったのは、あなただ――もう、とろとろしてきたぞ」

「いえ……だから……あの……」

答えに窮していると、すぐにオリヴィエは、すうすうという安らかな寝息を立て始めた。

「あ」

ほんとうに膝の上で寝てしまったのだ。

「……」

フォスティーヌは少し呆れて、オリヴィエの寝顔を見下ろした。

長い睫毛《まつげ》が端整な顔に影を落とし、ひどく無防備に見えた。オリヴィエは年相応の少年の顔になっている。

フォスティーヌはなんだか胸の奥がきゅんと熱くなり、脈動が速まるのを感じた。

膝の上の、オリヴィエの頭の重みがひどく愛《いと》おしい。

不敬だと思ったけれど、そろそろと手を伸ばし、オリヴィエの黒髪を撫でてみる。

さらさらした黒髪が指の間を滑り落ちる感触に、体温が急激に上がってくるようだ。

フォスティーヌはひどく満たされた心持ちがした。

上流階級の少女たちには心ない意地悪をされたけれど、こうして美麗な皇太子殿下をしばし独り占めできた喜びは、なにものにも代えがたいものだった。

噴水の音、木々の梢《こずえ》を渡るそよ風、緑の香り、オリヴィエの規則正しい呼吸音――なにもかも、覚えておこう。きっと、もう二度とお城にも来れないし、オリヴィエに会うこともないだろう。

一生の宝物をもらった――フォスティーヌはそう思った。

程なくして、フォスティーヌはすやすやと眠っているオリヴィエ皇太子の頭をそっと膝から外し、代わりに自分のハンカチを敷いて、足音を忍ばせてその場を後にした。

いくらなんでも、いつまでも皇太子殿下に膝枕をする不敬は許されないと思ったのだ。

広間に戻ると、もう招待されていた令嬢たちは解散した後で、フォスティーヌはその場にいた侍従の一人に、皇太子殿下がベンチで休んでいる旨を告げた。そして、そのまま待たせていた貸し馬車に乗り、帰宅したのだ。

それが、フォスティーヌの唯一の、首都と皇城での思い出だ。

「まさか、もう一度オリヴィエ様にお目にかかれるなんて……」

胸がきゅんと疼《うず》き、そのやるせない感情がなんなのかわからない。

フォスティーヌはベッドに潜り込み、そっと目を閉じた。

お城へ上がる当日になった。

フォスティーヌは、母の形見の水色のドレスに身を包んだ。

叔母が新しいドレスを注文すると言ってくれたが、そんな無駄なことはしなくていいと答えた。だって、どうせ皇帝陛下のお世話係などに選ばれるはずがない。

それより、時代遅れだろうが、母が大事にしていたドレスを娘の自分が受け継いで着る方が、ずっといいと思う。

今の流行は、スカートの裾が大きく広がり装飾の多いデザインらしいが、一昔前の、胸元を強調しウエストを絞ったぴったりしたボディスと後ろに長く裾を引くドレスは、メリハリのあるフォスティーヌの体型によく似合っていた。

叔母に挨拶し、貸し馬車に乗ったフォスティーヌは、ワクワクが止められない。

どんな形であれ、成長したオリヴィエに会えるのだ。

さぞかし立派になったろう。

それだけで、この小旅行の大半の目的は済んでしまう。

後は、首都の本屋を中心にお店を巡り、最先端の文化に触れて見聞を広めよう。叔母になにか都会風のお土産を買っていくのもいいかもしれない。

フォスティーヌは期待に胸を膨らませ、お城を下がった後の計画をあれこれ考えていた。

貸し馬車は昼過ぎに皇城に到着した。

馬車を下りてお城を見上げると、その大きさと威圧感は、少女の時に感じたものとあまり変わらない。にわかに緊張感が高まってきた。

正門の警備兵に、お供にしてきた年取った侍女が皇城からの手紙を提示すると、奥から係の侍従が出てきて、フォスティーヌを案内した。

広い玄関ロビーや美しい天井画も記憶と同じで、フォスティーヌは懐かしさに胸がいっぱいになる。

「こちらの控えの間で、この度の選考の主旨をご説明いたします」

そう係の侍従に言われ、案内された控えの間に入っていくと、中から不機嫌そうな若い女性の声がする。

「こんな安っぽい椅子しかないのですか？　腰が痛くて仕方ないわ。私は仮にも、枢機卿の娘ですよ」

フォスティーヌははっとした。

控えの間には、自分を含めて十人の令嬢が集められていた。

その中で、ひときわ背が高く栗色の髪の派手な美貌の令嬢が、皇城の侍従を捕まえて文句を言っているのだ。

（枢機卿の娘――ギヨーム嬢だわ！）

少女の時、フォスティーヌに意地悪をした張本人だ。

あの時のように、贅《ぜい》を極めた真紅のドレスを着込み、最新流行の巻き髪をいくつも垂らした豪華な髪型、大きなダイヤモンドを無数に散りばめたティアラ、群を抜いて目立っている。

あちらは田舎娘のことなど忘れているだろうが、関わり合いになりたくないので、フォスティーヌはなるだけ部屋に隅に行き、彼女と顔を合わさないようにした。そっと見回したところでは、フォスティーヌ以外の令嬢は、皆都会育ちのようで、垢《あかぬ》抜け洗練された服装と振る舞いをしている。

（今回も、私は当て馬なのかしら……）

もとより採用されるとは思っていないが、やはり浮き立った気持ちが徐々に冷めていく。

ほどなく、皇帝付きの侍従が現れた。

ギヨーム嬢は今までわめいていたのが嘘《うそ》のようにぴたりと口を閉ざし、駝鳥《だちょう》の羽の扇で口元を覆って、気取ったポーズを取る。

「皆様、本日はようこそお集まりになりました。今回の陛下の身の回りのお世話係の募集ですが、言い添えることがございます――」

全員が息を詰めて次の言葉を待つ。

「不眠に悩む陛下の添い寝係としての役目が、その主たるものです」

フォスティーヌは我が耳を疑う。

（そ、添い寝って……もしかして、陛下の夜のお相手をせよ、ということなの？）

そんなはしたないこと——。

思わず抗議をしようとすると、それより早く、ギヨーム嬢が応えた。

「わかりました。私は陛下のおためなら、この身を捧《ささ》げてお仕えする覚悟でまいりました。ねえ、皆様、そうでしょう？　天下の皇帝陛下のお役に立てるのですわよ」

彼女が得意げな声を出し、周囲の令嬢たちも当然というようにうなずく。

「無論です」

「問題ございませんわ」

フォスティーヌは唖然とした。

直後、頭の回転のよい彼女は、これは都会の社交界では暗黙の了解だったのだ、と思う。そういえば、首都では男女の仲も進歩的で、婚前交渉もよくある話だと聞いている。

自分はなんと迂闊《うかつ》だったのだろう。

婚前交渉どころか、異性と手を握った経験すらないフォスティーヌは、頭がクラクラしてきた。

だが迷う暇もなく、侍従が頭を下げ、

「では、陛下を交えてのご会食で、審査をさせていただきます」

と、次の間の食堂へ案内されてしまう。

令嬢たちは張り切ったように、居住まいを正して食堂へ入っていく。

最後尾からのろのろと続きながら、フォスティーヌはなんとか逃げ出す手立てはないものかと思う。

（でも、ひと目、ご立派になられたオリヴィエ陛下にお会いしたい……もうこうなったら、私らしく振る舞うしかないわ）

覚悟を決めて、広い食堂へ入って行った。

純白のテーブルクロスを敷いた長いテーブルには、磨き上げられた銀食器が並び、華やかな生花が飾られている。それぞれの椅子の後ろには、古風なお仕着せの給仕がかしこまって待機している。

大きな大理石の暖炉を背にし、一番奥のどっしりした椅子のあるところが、皇帝陛下の席だろう。

今回は席順が決まっていて、フォスティーヌは上座から一番遠い席に案内された。ギヨーム嬢は、陛下のすぐ隣の席だ。

こちらとしては目立たなくて、かえって都合がいい。

遠目からオリヴィエの姿を堪能し、早々に退席したいと思った。

令嬢全員が着席すると、呼び出しの鈴の付いた杖がしゃらんと鳴らされた。

「皇帝陛下の御成《おな》りです！」

令嬢たちがいっせいに頭を低くしたので、フォスティーヌもそれにならう。

かつかつと靴音が響き、上座にオリヴィエが着席した気配がした。

「今宵《こよい》、ようこそ参られた」

低く艶やかなコントラバスのような声。

かつての澄んだアルト声も素敵だったが、大人になったオリヴィエの落ち着いた深みのある声色は、もっと魅力的にフォスティーヌの耳に響いた。

「さあ、ひととき、食事を楽しもうぞ」

それが合図のように、各人の皿に前菜が配られ始める。

フォスティーヌは顔を上げ、そっと上座《かみざ》の方を見た。

瞬間、心臓が跳ね上がる。

（ああ、あの皇太子殿下が、なんて素敵な殿方になられたのだろう……！）

皇太子の時も背が高かったが、さらに長身になり、すらりと姿勢がいい。

さらさらした黒髪も変わらず、端整な美貌は男らしい鋭角的なフォルムになっていて、惚《ほ》れ惚《ぼ》れするほどの美男子だ。

オリヴィエは無駄のない所作でナイフとフォークを使いつつ、令嬢たちに声をかける。

「どうぞ、召し上がるがよい。皇城自慢のシェフが腕をふるった料理である」

フォスティーヌは芸術的に盛られたテリーヌに目を落とし、勧められるままに食事を始める。

一口食べて、舌が蕩《とろ》けそうな味に思わず声を上げてしまう。

「まあ、なんて美味なんでしょう！」

さっと他の令嬢たちがこちらを見た。皆、冷ややかな眼差《まなざ》しだ。

フォスティーヌは赤面し、無言で食事を続ける。

「では、食事をしながら右の方から自己紹介でもしていただくかな」

オリヴィエの言葉に、待ってましたとばかりにギヨーム嬢が口火を切った。

「私は陛下の右腕の宰相ギヨームの長女アニエスでございます。趣味はピアノと刺繍です。歌が得意で、古典のアリアはすべて歌えます。陛下のお心のお慰めに、枕辺でお好きな曲を演奏したり歌ったりいたしましょう」

ギヨーム嬢はよどみなく歌うように喋《しゃべ》った。先ほど、口汚く侍従を叱りつけていた女性と同一人物に思えないほど、気取った口調だ。

ギヨーム嬢の後に、次の令嬢が自己紹介を始める。

皆、特技はピアノ、歌、ダンス、刺繍、観劇など、育ちの良い令嬢をアピールしている。

自分に番が回ってきた時、何と言えばいいのだろう。

貧しい没落令嬢の身では、他の令嬢に対抗できるような高尚な趣味は持ち合わせてはいない。

でも、嘘を言うわけにもいかない。気持ちは焦るが、なにもいい考えは浮かばなかった。

仕方なく、うつむいたまま出される食事をせっせと食べていると、誰かの強い視線を感じ、ふっと顔を上げる。

まっすぐこちらに視線を向けているオリヴィエと目が合い、どきんと心臓が跳ねた。

彼はなんだか興味深そうな表情をしている。野暮《やぼ》ったいドレス姿が目立つのだろうか。

ますます顔が赤らんでしまう。

「では、デザートになったら、残りの方々に自己紹介を願おうか」

まるでフォスティーヌの内心を読み取ったように、オリヴィエが口を挟んだ。自己紹介の時間が延びたので、ホッとした。

メインはサーモンのムニエルで、これもどう調理したらこんな素敵な味になるのかと思うほど、美味しい。

夢中で味わっていると、不意にくすくす笑う声がした。

「いやだわ。どなたか、下町の娘みたいにつがつとお食べになっておられるわ」

ギヨーム嬢の声だ。

フォスティーヌははっとしてフォークの手を止める。

思わず周囲をの令嬢たちの皿を見ると、ほとんど手つかずだ。

フォスティーヌはかあっと頭に血が上った。

そうだ。育ちの良い貴婦人は、殿方の前では小鳥の餌くらいにしか食事をしないと聞いていた。そんな習わしを、すっかり忘れていたのだ。育ちの悪さを指摘され、恥ずかしさに穴があったら入りたい。

無言でナイフとフォークを置こうとすると、オリヴィエがからかうような口調で尋ねてきた。

「そこの一番奥のご令嬢、お名前は?」

「フォスティーヌです……アルノー子爵の娘です」

「そうか、フォスティーヌ嬢、そのサーモンはそれほど美味であるか?」

フォスティーヌは目に悔し涙が浮かんでくる。

オリヴィエにまで恥をかかされた。きっと彼も、卑しいと思ったのだ。

でも、それでなにか気持ちが吹っ切れた。

さっと顔を上げ、堂々とオリヴィエに顔を向けた。

「はい、たいへん美味しゅうございました。でも、例年よりも少し脂の乗りが悪いようにも思えました。今年の夏は干ばつで、河を遡上《そじょう》するサーモンが少なかったせいかもしれません」

「ほお」

ふいに、オリヴィエの青い目がきらりと光ったように見えた。

「フォスティーヌ嬢は、国の気候にお詳しいのか？」

「少しばかり――領地の農作物や家畜の収穫を管理しておりますので、毎年の天候や景気には注意するようにしております」

「ふむ。あなたはそういう趣味がおありか？　では、今年の我が国のぶどうの収穫量は、予想できるかな？」

「そうですね――今年は雨は少なかったのですが、晴れた日が多いと、果物は甘みが増しますから、ぶどうの収穫量は平年なみでしょうけれど、味はぐっとよくなっていると思います。きっと今年仕込んだ我が国のワインは、芳醇《ほうじゅん》な香りを持つものになり、国外と高値で取引できると思います」

オリヴィエが感心した顔でうなずいた。

「なるほど。私と同意見だ」

他の令嬢たちは、二人の会話を理解不能な様子で、ぽかんとして聞いている。

フォスティーヌは打てば響くようなオリヴィエとの会話がとても心地よくて、ついつい、話が弾んでしまった。

「あらまあ、フォスティーヌ様は、殿方がするようなお堅いお話に詳しゅうございますのね。女の私などには、とてもついていけませんわ」

ふいに、ギヨーム嬢が大きな独り言を言い、フォスティーヌは思わず口を閉ざした。周囲の令嬢たちが射るような視線を送っていることに気がつく。

赤面してオリヴィエに謝罪する。

「申し訳ございません。他の方々を差し置いて、出すぎたまねをいたしました」

オリヴィエは大きく首を振る。

「いや。久しぶりに骨のある会話を楽しめた。最後にフォスティーヌ嬢、私になにか質問はないか？」

フォスティーヌはどうせ採用されないのだからと、ずばり思い切って言う。

「陛下、今回のお仕事は陛下の添い寝が主たるものとうかがいましたが、添い寝以上のことはなさらない、と解釈してよろしゅうございますね？　一線は越えないということでいいのですね？」

はっと令嬢たちが息を飲む気配がした。

ギヨーム嬢が呆れ声で、

「まあ、はしたない」

とつぶやく。

オリヴィエは身を乗り出すようにして、にやりとした。

「これは直裁的な質問だ。あなたは率直で非常に面白い。つまり、あなたは一線は越えずに、私に安眠を与える自信がおありなのだな？」

突っ込まれて、フォスティーヌはたじたじとなるが、ここは正直に話そうと思う。

「それは——やってみないことには、わかりません」

すると、オリヴィエは白い歯を見せて爽やかに笑った。

「ははは、なんとあなたはユニークだろう。そうだな、やってみないことにはだな。うん、決めたぞ」

彼はおもむろに立ち上がる。

「本日は、お集まり願って感謝する。どのご令嬢も身分も美貌も教養も申し分なかった。きっと、どの社交界に出しても、あなた方は遜色なく一流の振る舞いをするだろう。甲乙つけがたい」

ギヨーム嬢が自慢げに胸を張った。

オリヴィエは続ける。

「ここからお一人を選ぶのは、他のご令嬢に失礼であると思う。であるから、私は——」

オリヴィエはつかつかとテーブルを回ってきて、フォスティーヌの後ろに立ち、両手をそっと椅子の上に置く。

「皆とは違い少し独特の振る舞いをする、このご令嬢を選ぶこととしよう」

「えっ？　えええっ？」

フォスティーヌは思わず声を上げてしまう。

直後、その場の空気がざわっと不穏に揺れた。

ギヨーム嬢の顔色がみるみる青ざめるのがわかる。

オリヴィエは平然と続けた。

「それでは皆様ご苦労であった。ここで解散ということにする。以上だ」

オリヴィエは長身をわずかに屈《かが》め、フォスティーヌにささやく。

「では、選ばれたフォスティーヌ嬢は、さっそく今夜から仕事をしていただくとしよう。来なさい」

すっと椅子が引かれ、フォスティーヌは唖然としたまま立ち上がった。

「さあ」

オリヴィエは有無を言わさぬ口調で、腕を差し出す。

ぼうっとしたまま、フォスティーヌはその腕に手を添えた。

「では失礼する」

オリヴィエはさっさと食堂の奥の皇帝専用の扉から、フォスティーヌを連れて退場した。

背中に、他の令嬢たちの突き刺さるような視線を感じる。

なにが起こっているのかわからない。

まさか自分が選ばれるなんて――。

この状況に既視感を覚えた。そう――少女の頃に皇城を訪れた時と、まったく同じ状況ではないか。

オリヴィエに導かれ、廊下を呆然と歩きながら、この先自分はどうなってしまうのかという不安と、憧れの皇帝陛下のお眼鏡にかなったのだという純粋な喜びが湧き上がり、夢見心地な気分だった。

第二章　没落令嬢は皇帝陛下の添い寝係になる

皇帝専用の廊下を抜けると、とっつきの鉄製の扉を守る警護兵たちと、皇帝付きの侍従らしい品のいい初老の男が待機していた。

「ジョルジェ、彼女がフォスティーヌ嬢だ」

オリヴィエに声をかけられたジョルジェという侍従は、恭しく頭を下げた。

「万事、心得ております」

「うん、よろしく頼む。フォスティーヌ嬢、あとは私の秘書官であるこのジョルジェに任せる。疑問点はすべて彼に尋ねるといい。私はまだ片付ける事案が残っているので、また夜、寝所で会おう。では――」

そう言うと、オリヴィエはごく自然な動作でフォステーヌの右手を取って、手の甲に唇を押し付けた。

「っ――」

貴公子の別れの礼儀作法だとわかっていたが、温かく柔らかな唇の感触に全身の血がかっと熱くなった。

こんな貴婦人みたいに扱われたのは生まれて初めてだ。耳まで赤くして立ち尽くしている間に、オリヴィエはさっさと踵を返して廊下を戻り、別の曲がり角から姿を消してしまう。

「では、フォスティーヌ様、あなた様のためにご用意したお部屋に案内いたしましょう」

側から控えめにジョルジェが声をかけ、フォスティーヌははっと我に帰る。

「え？　わ、私のための？」

ジョルジェが軽く咳払《せきばら》いした。

「いえ、添い寝係の令嬢のために、あらかじめ手配してあったお部屋でございます――こちらへどうぞ」

ジョルジェが警護兵たちに目配せすると、彼らは重々しい扉を左右に開いた。

「この先は、陛下の個人的な領域で、特別な者しか侵入を許されません。陛下の私室や御寝所《ごしんじょ》はこちらにございます。添い寝係のあなた様のお部屋は、御寝所の隣になります」

先に立って案内するジョルジェの言葉に、フォスティーヌは我が耳を疑う。

「あ、あのっ……そんな大事な場所に、わ、私の部屋が……？」

「陛下の添い寝係ですので。陛下がご所望なら、すぐに御寝所に馳《は》せ参《さん》じなければなりませんからね」

ジョルジェが平然と言う。

「あの、待ってください。まず、田舎の叔母にこのことを知らせて、いろいろ後のことを片付けてからでないと。病気の叔母を一人で残しておけません」

「それはご心配なさらずに。あなたの家には皇家から連絡を入れ、叔母上のこともすべてこちらでお世話します。皇家付きの医師も派遣しましょう。あちらの生活費その他は、あなた様への報酬の一部という形で、十分に保証いたします」

「そんなに……私には不相応です」

あまりに手はずがよくしかも望外な報酬がもらえるらしく、驚きを隠せなかった。

すると、ぴたりと足を止めたジョルジェが、こちらを振り向く。その皺だらけだが知的な表情が少し曇っている。

「フォスティーヌ様、あなた様のお仕事は陛下の命綱なのです」

「えっ？」

「陛下は年少の頃から今に至るまで、ずっと不眠に悩まされておられたのです。いくら頑健な肉体をお持ちの陛下でも、積み重なる睡眠不足で、じわじわと体力を落とされております。陛下に安らかな眠りを与えることは、陛下のお命にまで関わる責任あるお仕事なのですよ」

フォスティーヌは声を失う。

そんな大切な仕事、果たして自分に務まるのだろうか？

「で、でも、私が陛下にお役に立てなかったら、どうするのですか？　解雇ということになるのでしょうか？」

ジョルジェは目を細めて答えた。

「その心配はございませんでしょう。陛下がお選びになったお方ですから」

フォスティーヌは目をぱちぱちさせる。

それは違う。

おそらくオリヴィエは、少し毛色の変わったフォスティーヌが物珍しいから選んだのだ。きっとすぐに飽きられて、お役御免になるに違いない。

でも、わずかな間としても、憧れのオリヴィエの側にいられる上、叔母の介護もきちんとみてもらえるのなら、拒む理由はない。

「わかりました。お役に立てるかわかりませんが、ここにいる限りは誠意を込めてお仕えします」

ぺこりと頭を下げると、ジョルジェは独り言のようにつぶやく。

「なるほど――陛下の慧眼《けいがん》には感服しますな」

「え?」

「こちらの話です。さあ、着きました。この部屋です。生活に必要なものはすべて揃えてありますが、足りないものは部屋付きの侍女になんでも申し付けてください。あなた様には、何不自由ないようにと、陛下から厳命されておりますから。ささ、どうぞ」

背中を押されるように、部屋の中に入った。

「まあ……」

思わず歓声を上げてしまう。

天井の高い広い部屋だった。

壁紙は蔓薔薇の模様を入れた乳白色で統一され、優しい雰囲気を醸し出している。

壁に二面に大きな飾り窓がいくつもあって、昼間はきっと日当たりも風通しもよいだろう。

家具は柔らかな象牙色で丸みのあるフォルムで統一され、カーテンもクッションも絨毯《じゅうたん》も異国の高価そうな織物を使ってある。壁に飾られた絵画はひと目で、一流の画家の手によるものとわかり、テーブルや暖炉の上には美しい生花が飾られてある。

一介の世話係の部屋とも思えぬ豪華さに、ため息が漏れる。

「ここが居間で、その奥が寝室、寝室の向こうに洗面所と浴室があり、こちらはクローゼットと書斎と図書室、その奥が侍女の寝泊まりする部屋です」

フォスティーヌがぼうっと部屋に見惚れている間に、ジョルジェはてきぱきと部屋の説明をし、最後に大理石の暖炉の側の扉を指差した。

「その扉が、陛下の寝室に直接、繋がっております。呼び鈴が鳴りましたら、ここから陛下の御寝所に出向いてください」

「へ、陛下の御寝所……」

では壁一枚隔てて、隣がオリヴィエの部屋なのだ。

なんと恐れ多いことだろう。

「お食事は、侍女がこちらへお運びします。お好きな食事をなんでも注文してください。ベランダから陛下専用の庭に出ることもできますので、お散歩などはご自由に。空き時間になさりたいことがあれば、遠慮なく申し出てください。楽器でも刺繍でもお菓子作りでも、できるだけのものをご用意します。小鳥や仔猫《こねこ》などの世話をしたというのであれば、それもかまいませんよ」

「……」

あまりの好待遇に、返事もできない。

「それでは、陛下の就寝時間まではごゆるりとお過ごしください」

呆然としているフォスティーヌを残し、ジョルジェは退出してしまう。

「は……ぁ」

今までの緊張感が緩んで、フォスティーヌはぐたりとソファに腰を下ろした。

「嘘みたい、こんなことになるなんて……」

叔母の気持ちを汲《く》んで、ただオリヴィエにひと目会えればと思って首都に上ってきたのに、まさかこんな事態になろうとは。

まだ頭の中が混乱して、考えがうまくまとまらない。

そもそも、添い寝だなんて、何をしたらいいのだろう？

長年不眠に悩んでいるというオリヴィエに、どのようにしたら安らかな眠りが訪れるのだろう。

少女の頃、自分の膝枕ですうすうと心地よさげな寝息を立てていた、オリヴィエのことを思い出す。

一生忘れられない美しい寝顔だった。

あの眠りを、もう一度オリヴィエに与えてあげることができるのだろうか。

「私にできることなど、あるのかしら……」

不安で胸がざわついて止められなかった。

その後、侍女を呼んで湯浴《ゆあ》みの用意をしてもらい、汗を流して新しい部屋着に着替え（クローゼットの中には、ドレス、下着、靴や帽子に至るまで、新品のものがぎっしりと揃えられていた。そのどれもが、あつらえたみたいにフォスティーヌのサイズにぴったりしていた）、図書室で見繕《みつくろ》ってきた外国語の本をソファの上で紐解いた。が、夜が更けるにつれて心臓のドキドキが激しくなり、目がページの上を上滑りしてしまう。

深夜零時近くになり、ちりんちりんと、暖炉の横の天井から下がっていた呼び鈴が鳴った。

「あっ……お呼びだわ」

慌てて立ち上がり、オリヴィエの寝所に続く扉を恐る恐るノックした。

「あの……失礼します」

「ああ、入れ」

中から響きのよいコントラバスの声が返ってきた。

音を立てないようにゆっくりと扉を開いて、中に身体を滑り込ませる。

そこはすでに、皇帝陛下の寝所だった。

「っ――」

天井が低めの広い寝所の中に、大きな天蓋《てんがい》付きのベッドが置いてあり、明かりはベッドサイドの小卓の上のオイルランプのみで、ほの暗い。

部屋のどこかから、気持ちを安らがせるような甘い香の匂いが漂ってくる。

「おいで」

ベッドから呼ぶ声がする。

脈動がますます速まり、心臓が口から出そうなほど緊張してしまう。

大人が数人眠れそうなほど広いベッドの上に、白いガウン姿のオリヴィエが、枕にもたれてしどけなく仰向《あおむ》けになっていた。まだ仕事が残っているのか、顔の上で書類をめくっている。

ふかふかの絨毯を踏んでベッドの側まで行くと、オリヴィエが書類を脇に寄せて、こちらに顔だけ向けた。

「来たね、私の添い寝係さん」

少し疲れの浮いた白皙《はくせき》の顔が、ぽうっとオイルランプのほのかな光に照らされて、ぞくっとするほど美しかった。

「はい」

声が震えた。どうしていいかわからず、立ち尽くしていると、オリヴィエが少し身体をずらし、自分の脇を軽く叩《たた》いた。

「ここに、おいで」

「は、はい……」

異性とベッドを共にした経験など皆無だ。

ドキドキしながら、そっとベッドに上がり、オリヴィエの横にきちんと正座する。

「よ、よろしくお願いしますっ」

緊張のあまり、声が裏返ってしまう。

オリヴィエがくすりと笑いを漏らす。

「そんなに固くなられては、ますます安眠できぬではないか。いいから、ここに横になって」

「……し、失礼します」

言われるまま、そろそろと背中を向けて横たわる。

すっとオリヴィエが身体を寄せてきて、びくん、と身が竦《すく》んだ。

「顔を見せてくれぬのか？」

「あの……あの、だって、どんな顔をしていいのか……」

「いつものあなたの顔でいいのだよ」

ふいに耳元に熱い息がかかり、擽《くすぐ》ったいような悪寒が走るようなおかしな感覚がそこから背中を走り抜け、さらに身が固まってしまう。

ゆっくりとオリヴィエの両手が回され、フォスティーヌの身体を囲うみたいに柔らかく抱いてきた。

オリヴィエに抱かれているなんて。

「あ……あ」

頭に血が上り、気が遠くなりそう。

「ああ柔らかい。思った通り、あなたはどこもかしこも柔らかくて、なんて抱き心地がいいのだろうね」

耳元のコントラバスの声があまりに色っぽくて、心臓がばくばく言う。

背中に規則正しく力強いオリヴィエの鼓動が響いてきて、緊張感はさらに高まってしまう。

きっと自分の脈動の速さも、相手に伝わっているだろう。

こんなにがちがちになっていては、到底オリヴィエに安眠を与えるどころではない。

うろたえているうちに、オリヴィエはさらに身体を密着させてくる。

彼はフォスティーヌの洗い髪に顔を埋め、心地よさそうに深く息を吸う。

「いい香りだ。あなたの身体からは、花のような甘い香りがする」

「そ、それは、石鹸《せっけん》の匂いで……」

「そうでもないようだ——ここもとてもいい匂いだ」

オリヴィエはフォスティーヌの首筋に顔を埋めてくる。硬く高い鼻梁《びりょう》の感触に、なぜだか背中が甘く震え、頭がぼんやりしてしまう。

いけないきちんと自分の務めをはたさなければ、と自分で自分を叱咤《しった》する。

「あ、あの……少し、よ、よろしいでしょうか？」

声が上ずってしまう。

「うん？　なんだね？」

「陛下の不眠の原因がわかれば、少しでもなにかできることがわかると思うのです」

「ふむ」

「その……いつ頃から、眠れなくなられたのでしょうか？」

一瞬だけ、オリヴィエの腕に緊張が走ったような気がした。

「――聞きたいか？」

「は、はい」

「――確か、私が五歳の誕生日を過ぎた頃だと思う」

オリヴィエが静かに語り出す。フォスティーヌは息を殺して、じっと耳をそば立てた。

「私はまだその頃、ひどく甘えん坊でね。夜泣きをしては、皇妃である母上に添い寝をしてもらっていたものだ――母上はふっくらと色白の人で、その柔らかな腕に抱かれると、私は安心してぐっすり眠れたのだ――だが、ある晩」

オリヴィエはわずかに声をひそめた。

「反皇帝派の狂信者が、私と母上が暮らしていた離宮に忍び込んだのだ。そして、次期皇帝の私を暗殺しようと、ナイフをかざして寝所を襲った」

フォスティーヌはどきりと胸を突かれ、顔を振り向けようとした。

「その時も私に添い寝していた母上は、曲者《くせもの》の襲撃に気がつき、とっさに我が身で私をかばったのだ。眠りこけていた私は、母上の凄《すさ》まじい悲鳴で目が覚めた。気がつくと、私は血まみれの母上にしっかりと抱かれていた。母上の悲鳴で、警護兵たちが駆け付け、曲者は取り押さえられた。私は怪我《けが》一つなかった。だが、母上は帰らぬ人となってしまったのだ。この事件は、皇帝家の威信にかかわるということで世間には伏せられ、母上は病死ということになっている」

「へ、陛下……」

フォスティーヌは身体をねじるようにして、オリヴィエの方に振り返った。

オリヴィエは遠い目で淡々と語っている。

「それ以来――私に安らかな眠りが訪れたことは、ほとんどない」

「陛下、陛下、もうようございます、もうお話にならないで、もういいの……」

フォスティーヌは言葉を止めようと、思わずオリヴィエの口元に手をそっと添えた。

胸が掻《か》き毟《むし》られ、涙が溢《あふ》れてくる。

「申し訳ございません、浅はかなことを言いました。そんな辛いお話をさせてしまって、ごめんなさい、ごめんなさい……」

肩を震わせて啜《すす》り泣《な》いてしまう。

オリヴィエは不思議そうな声を出す。

「なぜ？　あなたが泣くことはない」

「いいえ、いいえ……その時の陛下の悲しみを思うと、我が事のように苦しくて……涙が止まらないのです」

フォスティーヌは涙を流しながら、オリヴィエの顔を見上げた。こんなに間近でまともにオリヴィエの顔を見ると、完璧な造形の中に潜んだ孤独感をひしひしと感じ、身の内に震えが走りそうだ。

オリヴィエの大きな手が、フォスティーヌの濡《ぬ》れた頬《ほお》に触れてきた。

「あなたは、人の心の痛みがわかるひとなのだね――」

彼の長い指が、そっと涙を拭《ぬぐ》う。ひんやりした指の感触に、心臓が痛いくらいドキドキする。

「フォスティーヌ」

初めて敬称なしで呼ばれて、自分の名前がこんなにも心地よく耳に響くのだと知る。

オリヴィエの端整な顔がさらに寄ってきて、そっと頬に唇が押し付けられた。

「あ」

オリヴィエの唇が、涙を吸い上げる。その柔らかく温かい感触が心地よくて、思わず目を瞑《つぶ》ってしまう。

「フォスティーヌ」

頬、額、鼻の上と、オリヴィエの唇は少しづつ移動する。

やがて、唇を覆われた。

「ん……っ」

初めての異性からの口づけに、フォスティーヌはびくりと身を竦め、さらにぎゅっと目を強く閉じた。心臓がきゅん、と甘く収縮した。

何度も何度も、触れるだけの口づけを繰り返される。

信じられない。

憧れの皇帝陛下、雲の上の人だったオリヴィエから口づけされているなんて。

緊張と興奮で頭がクラクラして、気を失いそうだ。

やがて唇を離したオリヴィエは、フォスティーヌの背中に手を回し、ぎゅっと強く抱きしめてきた。

「ぁ……」

はだけたガウンからのぞくたくましい胸板に顔を押し付けられ、男らしい濃厚な体臭に包ま

れて、フォスティーヌはうっとりしてしまう。

「フォスティーヌ、約束だから一線は越えない。だが、あなたにもう一度、口づけしていいだろうか？　あなたの唇は砂糖菓子みたいに甘くて、なんて心地よいのだろうね」

耳元で悩ましい声でささやかれる。

「あ、あの……そ、それで、陛下がお気持ちが安らぐのであれば……」

しどろもどろで答える。

「うん」

再び顔中に柔らかな口づけが降ってくる。

甘美な感触に、酩酊《めいてい》してしまう。

また唇と唇が触れ合う。

すると、なにか濡れたものがぬるっと唇を擦った。

「あっ……？」

オリヴィエの舌がフォスティーヌの唇の合わせ目を、舐《な》め回したのだ。

「や……っ」

驚いて目を見開き、思わず声を上げてしまうと、その開いた唇から素早くオリヴィエの舌が滑り込んできた。

「んっ……」

熱い舌先が、フォスティーヌの歯列を一本一本丁寧になぞり、そのまま口腔《こうこう》内を舐め回してくる。

「んぅ、んんっ」

驚いて身体を引こうとしたが、背中に回された腕にさらに力がこもり、身動きできない。

「……ん、んぅ、んんん」

オリヴィエの舌は、丹念にフォスティーヌの口蓋を探り、さらに喉奥まで侵入してきた。

息が詰まり、フォスティーヌは身を硬くする。

怯《おび》えて縮こまっていたフォスティーヌの舌を、彼の舌が探り当て、ぬるぬると擦ってきた。

「んんっ」

ぞくりと身体の芯が震えたような気がする。

一瞬警戒心が薄れ、舌が緩んだ。

すると、オリヴィエの舌が素早くフォスティーヌの舌を絡め取った。

そして、ちゅーっと強く吸い上げてきた。

「ん、んんー……っ」

魂までもが吸い込まれてしまったかと思うほどの甘い衝撃で、頭の中が真っ白になる。

「ふ……んゃ……ぁ、んんぅ……っ」

息が継げず気が遠くなり、頭を振り立てて逃げようとしたが、オリヴィエの舌はがっちりとフォスティーヌの舌を捕らえて離さない。

唇できゅっきゅっと舌を扱《しご》くように擦られ、繰り返し強く吸い上げられると、息苦しさだけでない官能的な陶酔が生まれてきて、背中に未知の快感が走り抜けていく。

こんな激しい口づけがあるなんて知らなかった。

「ん、ふ、ゃ、あ、あぁ、んんぅ、んんっ」

くちゅくちゅと舌が猥《みだ》りがましく音を立てて触れ合うたび、未知の快感が深くなって、下腹部のあらぬところがじわりと疼くような気がした。

嚥下《えんか》できない唾液が、口の端から溢れて顎まで滴る。

でもそれを恥ずかしがる余裕はなかった。

あまりに情熱的で淫らな口づけに、フォスティーヌは酩酊して四肢から力が抜けていくのを感じた。

ぐったりしたフォスティーヌの身体を抱きしめ、オリヴィエは思うままに深い口づけを堪能する。もはや、彼のなすがままに口づけに翻弄されてしまう。

「……ぁ、あぁ、は……ふぁ……ぁ」

目尻に快感の涙が溢れ、悩ましい鼻声が止められない。

まるで永遠に続くような時間が流れ、ようやくオリヴィエが顔を離して解放してくれたときには、フォスティーヌは半分気を失ってしまっていた。

「は……ぁ、はぁ……ぁあ、はぁ……」

くたりとオリヴィエの胸に顔を埋めたまま、浅い呼吸を繰り返す。

「ああフォスティーヌ、フォスティーヌ」

オリヴィエは感に堪えないような声で名前を呼び続け、火照ったフォスティーヌの額や目尻、頬に口づけを繰り返した。

「あなたの舌も、なんて甘美なのだろう。いつまでも味わっていたいくらいだ」

「……ぁ、あ、陛下……」

フォスティーヌは潤んだ瞳でオリヴィエを見上げる。

彼は熱っぽい青い目で見返してくる。

「オリヴィエだ。閨《ねや》では、そう呼んでくれ」

「そ、そんな……」

恐れ多い、と言おうとすると、再び唇を塞がれ、ちゅうっと舌を吸われて、声を失う。

つうっと唾液の銀の糸を引いて、オリヴィエが顔を離し、断固とした声で言う。

フォスティーヌは催眠術にでもかかったみたいに、彼のいいなりになってしまう。

「オ、オリヴィエ、様……」

オリヴィエが満足げにうなずく。

「そうだ、もっと名前を呼んでくれ」

「オリヴィエ様、オリヴィエ様……」

繰り返していると、彼の名前が口の中で甘く蕩け、涙が出そうなほど感動してしまう。

「フォスティーヌ、可愛い、可愛い、フォスティーヌ」

オリヴィエが答える。

そんな——可愛いだなんて、心にもないことを言わないでほしい。

本気にしてしまいそう。

本気で、オリヴィエに恋してしまいそう。

だめ、やめて、優しくしないで。

オリヴィエの胸に顔を埋め、やるせない気持ちを押し隠した。

そうやって、二人は長い間抱き合っていた。

やがて——。

背中を抱きしめていたオリヴィエの両手から、ふわりと力が抜けたような気がした。

はっとして顔を上げると、オリヴィエは長い睫毛を伏せ、フォスティーヌの髪に顔を埋めたまま、規則正しい呼吸を繰り返している。

小声で呼びかけたが、反応はない。

「オリヴィエ……様？」

彼は眠りについたのだ。

フォスティーヌはほっとして、全身から力が抜けた。

添い寝係の役目を、まっとうできたことに心底喜びを感じる。

オリヴィエの寝顔を見るのは、二度目だ。

無防備なその姿は、大国を背負う皇帝としての責務から解放されて、一人の若者に戻ってしまったよう。頼りなげにすら見える。

フォスティーヌは愛おしさに胸が熱くなる。

守らなければ、この寝顔を。

きっとこれは運命の女神が、おちぶれた伯爵の娘に最高のお役目を与えてくれたのだ。

フォスティーヌはオリヴィエの肩に上掛けを引き上げてやり、彼を起こさぬようじっとしたまま目を瞑った。

本来寝付きのよい彼女は、すぐにことんと深い闇の中に意識を手放してしまう。


「……ん」

陽《ひ》の光を感じ、ふわりと目が醒《さ》める。

一瞬、見慣れない広々としたベッドに、自分がどこにいるか認識できなかった。

ぼんやり目を開くと、天蓋幕を押し上げて、オリヴィエがこちらを覗《のぞ》いていた。彼の背後から、朝日が差し込んでいる。

「あ、きゃ、陛下っ」

驚いて、一気に頭がはっきりした。

オリヴィエはにこりとした。

「よく眠れたようだな」

フォスティーヌは半身を起こした。

「も、申し訳ありません！　陛下のお目覚めに気がつかず……」

「よい。あなたの仕事はもう終わったのだから、好きなだけ寝ていなさい」

「で、でも……」

ふいに、オリヴィエの表情が真摯なものになる。

「フォステーヌ。あなたのおかげで、私は何年振りかでぐっすりと眠ることができた。感謝する」

「……陛下」

「寝所では名前で呼べと言ったろう?」

「オリヴィエ様……」

「それでいい。ではまた、夜、会おう。私の可愛い抱き枕さん」

オリヴィエは最後は軽口になり、さっと天蓋幕を閉めた。

「……」

フォステーヌは薄暗がりの中に視線を彷徨《さまよ》わせた。

夢ではなかったのだ。

憧れのオリヴィエと一晩寄り添って眠ったのだ。

一線は越えなかったが、甘く熱い口づけをされて、自分の中で固く閉ざされていた官能の扉が音を立てて開いたような気がした。

そっと指で唇に触れただけで、昨夜の気の遠くなるような深く激しい口づけが脳裏に蘇《よみがえ》り、かあっと体温が上がる。

「いやだ……私ったら……」

猥りがましい口づけの記憶は、ざわざわとフォスティーヌの身体の芯を刺激した。


身支度を整えたオリヴィエは、私室から皇城に続く廊下を大股で進んで行く。

重々しい扉の前で、秘書官のジョルジェが待ち受けていた。

「おはようございます、陛下」

「うん、気持ちの良い朝だな」

晴れ晴れとした声で答えると、ジョルジェがわずかに目を細める。

「よくお眠りになられましたようで」

「うん——フォスティーヌは、私の最高の添い寝係だ」

「やっと捜し当てたお方ですからね」

ジョルジェの言葉に、オリヴィエはわずかに目元を赤くする。

だがすぐに表情を引き締めた。

「フォスティーヌの例の件、詳細に調査するように」

ジョルジェが頭を下げた。

「承知しました」

オリヴィエは扉を守っていた警護兵たちに合図する。

解錠された扉がゆっくりと左右に開く。

オリヴィエは胸を張り、気持ちを入れ替える。

今日一日も、激務が待ち受けているのだ。

だが、胸の奥でそっとフォスティーヌのことを想《おも》う。

そう――やっと捜し当てた、唯一の娘のことを。


フォスティーヌの皇帝陛下の添い寝係としての日々が始まった。

添い寝係の仕事自体は夜なので、昼間はフォスティーヌは自由に自分の時間を使うことができた。

田舎に置き去りにしてきた叔母のことが心配で、毎日のように手紙を書いた。

叔母からは、皇家から十分すぎるほどの生活費が届き、腕のいい医者まで派遣してくれて、日々元気に過ごしているという返事が届き、心からほっとした。

それ以外は、天気の良い日は皇帝専用の庭を散歩し、図書室から見繕ってきた本を木陰で紐解いた。いつオリヴィエから御役御免《おやくごめん》を言い付かるかわからないので、日々の勉強は怠らないようにしたかった。

皇帝付きの秘書官ジョルジェからは、なんでも欲しいものを所望していいと言われたが、慎《つつ》ましい暮らしをしてきたフォスティーヌには、与えられた部屋にあるものだけでも多すぎるほどだ。

夜になると、丁重に湯浴みし髪を梳《くしけず》り、オリヴィエからの呼び出しを待つ。

ベッドに一緒に入り、身体を寄せ合って抱き合い、よもやま話を交わし、オリヴィエの仕掛ける深い口づけを受けながら、共に眠りに落ちていく。

フォスティーヌは眠いのを我慢しながら、必ずオリヴィエが先に眠りにつくまでは目を覚ましているように努めた。

添い寝係としての役目をきちんと果たしたい、その一心だった。

驚いたことに、長いこと不眠症だったというオリヴィエは、フォスティーヌが添い寝を始めてからは、すこやかな眠りに落ちるようになっていた。

自分のなにがオリヴィエの睡眠を呼び覚ますのかわからないが、初めて会ったときには青白かった彼の顔色が、日毎につやつやと健康的になるのは、望外の喜びだった。

——フォスティーヌが皇城にやってきて半月目のことだ。

昼前、いつものように皇帝専用の中庭を散歩してると、小径《こみち》の向こうで一人の男性が困惑したように立ち尽くしている。

近づくと、高級そうな衣服に身を包んだ七十歳くらいの人品卑しからぬ老紳士だ。

その老紳士はフォスティーヌの姿を見ると、ほっとしたように声をかけてきた。

「ああ、お嬢さん。私はどうやら城の中で迷ってしまったようだ。久しぶりに皇城に上がったのでね。奥の崩れた塀の隙間から、入り込んでしまったようだ。歳をとると物覚えが悪くていけない」

フォスティーヌは優しく声をかける。

「ムッシュ。ここは皇帝陛下専用のエリアですわ。警護の者に見つかると、厳しく誰何《すいか》されてしまいますよ」

「おお、それは避けたいな。貴族議員の友人と約束があるのだよ」

老紳士が心底困っているようなので、フォスティーヌは気の毒に思った。

「それなら、私が一緒に行って、私の知り合いであるということで、警護兵にお話しましょう。きっと、本城のほうに案内してくれますよ」

老紳士は嬉しげに、皺だらけの顔を綻ばせる。

「それはありがたい、ご親切なお嬢さん」

フォスティーヌは老紳士に手を貸して、廊下の方へ戻って行った。

本城へ続く扉を守っている警護兵に、知り合いの老人が道に迷ってしまったのだと説明した。

警護兵たちはオリヴィエから、フォスティーヌの言うことはなんでも聞くよう命令されていたので、すぐに扉を開けた。

一人の警護兵に付き添われて出ていく際に、老紳士が振り返って微笑んだ。

「お優しいお嬢さん。私は、ウィリアム・ライナー公爵という者。このご恩は、忘れませんよ」

フォスティーヌもにこりとして、答えた。

「私は、フォスティーヌ・アルノーと申します。お気をつけて、ライナー公爵様」

まさか、公爵様などと身分の高い人とは思わなかった。多分、もう二度と会うことはないだろう。

でも、祖父コンプレックス気味のフォスティーヌは、老人に親切にできたことが嬉しかった。


その晩は、皇帝列席の御前会議が朝から開かれ、議会が長引いたのか、呼び出し鈴が鳴ったのは夜半過ぎだった。

うとうとしながらソファに座って待機していたフォスティーヌは、はっと気がつき、慌てて皇帝の寝所へ向かった。

いつもならベッドで待っているはずのオリヴィエは、ベッドのそばのテーブルで書き物をしていた。

「遅くなってすまぬな。会議が紛糾して、今まで議論を戦わしていた。今、議事録の見直しをしている。すぐに終わるので、今宵は先に寝ていてもよいぞ」

オリヴィエの口調は穏やかだったが、顔に疲労の色が濃い。

フォスティーヌは心配して声をかける。

「温かいミルクを淹《い》れましょう。ミルクは安眠によく効くといいますから」

オリヴィエは書類から顔を上げ、かすかに微笑んだ。

「あなたは気のつく人だな。頼もうか」

「はい」

フォスティーヌは一度自分の部屋に戻り、すでに自分の部屋で就寝している侍女を起こすのも忍びないので、自ら台所に行ってミルクを沸かした。ついでに、思い立ってさっと粉を捏《こ》ねて、火をおこして石釜でホットビスケットを焼く。今まで、叔母の屋敷でなんでも自分でできるようにしてきたので、たやすいことだ。

ワゴンにミルクやホットビスケットを乗せて、オリヴィエの寝所に戻ると、彼は椅子の背に深くもたれて、眉間の間を指で揉《も》み込《こ》んでいた。

「お待たせしました」

ワゴンを押していくと、オリヴィエがぱっと顔を向ける。

「なんだか、甘いいい匂いがするな」

「お口に合うかわかりませんが、ホットビスケットも焼きました。お顔に血の気がありません。夕食をお抜きになったのではないですか？　お腹《なか》に何か入れた方が、よろしいですわ」

オリヴィエはなにかひどく心打たれたような表情になる。

「その通りだ。会議が長引いて、晩餐《ばんさん》を飛ばしてしまったのだ――あなたは、よくそんなことがわかるね」

フォスティーヌはカップにホットミルクを注ぎ、小皿にホットビスケットを取り分け、オリヴィエにすすめる。

「そんな……私はただ、オリヴィエ様のおかげんを常に気にしているだけです。だって、大事なお身体ではありませんか。安らかな眠りは、安らかな心身を作るのですから。それが私の仕事ですから」

恋している人には、いつでも元気でいてほしい――とは、言えなかった。

オリヴィエはミルクを啜《すす》り、ホットビスケットを摘むと、深いため息をついた。

「ああ生き返るようだ」

一服し終えた彼は、再び書類を手にしようとした。

フォスティーヌは思わず、その手からやんわりと書類を取り上げた。

「オリヴィエ様、今夜はもう、お仕事は終わりになさってください。睡眠を削っても、お仕事の効率は上がりません。それより、ぐっすり眠って翌日お仕事なさる方が、よろしいかと」

そう言ってから、あっと気がつく。

オリヴィエが目を丸くして、こちらを見ている。

オリヴィエの身体を思い遣るあまりだが、なんて出すぎたことをしたのだろう。

慌てて書類を差し出し、頭を深く下げる。

「ご、ご無礼をしました。申し訳ありませんっ」

するとオリヴィエはふふっと笑みを漏らした。

「その通りだな」

彼はおもむろに立ち上がる。

そして、書類を受け取るとテーブルにぽんと置き、やにわにフォスティーヌを横抱きにした。

「きゃあっ」

ふわりと身体が浮いて、フォスティーヌは反射的にオリヴィエの首にしがみついてしまう。

「もう休もう」

耳元で彼がささやき、ちゅっと耳朶《じだ》に口づけしてきた。

「ぁ……ん」

擽ったいような甘い痺《しび》れが走り、肩がぴくんと震える。

そのままベッドまで運ばれ、そっと下された。すぐに傍にオリヴィエが寄り添ってきた。

彼はフォスティーヌを背中から囲い込むように抱きかかえ、いつものように髪に顔を埋めてきた。

「ああほっとする。こうしていると」

頭に直にオリヴィエの艶《つや》めいた声が響いてきて、脈動が速まってくる。

最近、彼の声を聞くだけで自分の身体の奥がきゅんと甘く締まり、せつないようなじれったいような気持ちになる。

いつもはぽつぽつと四方山話《よもやまばなし》を振ってくるオリヴィエなのだが、今宵はなにか落ち着かなげにもぞもぞと身体の位置を変えている。

フォスティーヌは気遣わしげに声をかける。

「シーツを新しいものに変えさせたのですが、肌触りがよろしくないですか？」

オリヴィエは口ごもる。

「いや——そういうことではなく」

やにわに彼はぴったりと下腹部を押し付けてきた。

「あ……!?」

フォスティーヌの柔らかな尻に、なにかごつごつとした硬いものが触れてくる。

しばらくフォスティーヌは、それがなにであるか理解できなかった。

「今宵は——私はひどく昂《たか》ぶっている」

オリヴィエが低い声でそう言ったので、はっと思い至った。

これが、男性が劣情にかられた時の状態なのだ。

かあっと全身が熱くなり、狼狽《うろた》えてしまう。

「あ、あの……オリヴィエ様……私は……」

身を竦ませて声を震わせると、オリヴィエはさらに下腹部の滾《たぎ》りをぐっと押し付けながら、くぐもった声で言う。

「わかっている——一線は越えないと約束した。だが、この熱を冷ましてもらわねば、とても眠ることなどできぬ」

かすかな衣擦《きぬず》れの音がした。

そろりとオリヴィエの手が伸びてきて、フォスティーヌの手を掴み後ろに引き寄せた。そのまま、下腹部に導かれ、熱く脈打っているものに触れさせられた。

「あっ」

びくりと身が竦んだ。オリヴィエの勃起した性器に直に触れるなんて――。

想像以上に大きい。そして、熱く硬く猛々《たけだけ》しいその造形に、初心なフォスティーヌは恐ろしさと緊張で、心臓がばくばくして破裂しそうなくらいに高鳴る。

だが手を振り払うのは不敬だと思い、そのままじっとしていた。

「わかるか？　これが男の欲望だ」

「は、はい……」

「一度こうなってしまうと、精を吐き出さぬ限り気持ちが休まらぬのだ」

「ど、どうすれば……」

自分の手を覆っているオリヴィエの手が、ゆっくりと上下に誘導する。

「このように、優しく擦ってくれるか？」

「は、はい……」

言われるまま、後ろ手でオリヴィエの屹立《きつりつ》をやんわり握る。フォスティーヌの小さな手では握りきれないくらい、それは太くて大きい。

みっしりとした肉塊は、恐ろしいほどの熱量だ。

こわごわ手を動かした。

「ふ――」

うなじにオリヴィエの熱く乱れた息がかかり、肌がぞわっと総毛立った。

「こ、こんな感じで、よろしいでしょうか？」

「もう少し強く握って――そう、そんな感じだ、そう、いい、そのまま――」

「は……い」

ドキドキしながらも言われるまま、同じリズムで男根を扱き続ける。

すると、括《くび》れのある先端から先走りが溢れてきて、フォスティーヌの手をぬるぬると濡らす。

そのぬめりが手の動きを滑らかにした。同時に、何か別の生き物のように、手の中で肉茎がびくびく跳ねる。

「ああ――よい、フォスティーヌ」

オリヴィエはフォスティーヌの首筋に顔を埋め、柔らかな唇を繰り返し押し当ててくる。

「あ……ぁ」

その刺激は、フォスティーヌの下腹部の奥をじわりと熱くし、不可思議な疼きが膣《ちつ》をうごめかせてくる。

本能的に自分の尻がもじもじと、誘うように動いてしまう。

びくびく動く肉胴は、手の中で勢いを増し大きく膨れていく。

「ああ上手だ、フォスティーヌ、そのまま、そう、ああ、いい」

耳元で甘いコントラバスの吐息を聞いていると、オリヴィエが心地よく感じてくれていることがありありとわかり、淫らな行為をしているはずなのに、誇らしさで胸が熱くなってしまう。

「ふ――フォスティーヌ、フォスティーヌ」

オリヴィエの声が切羽詰まり、息が乱れてくる。

「あ、オリヴィエ様、お苦しいのですか？　やめますか？」

心配になり、思わず尋ねると、オリヴィエはせつなげな声を漏らす。

「いや、続けて、とてもよいのだ、終わりそうだ、そのまま――」

「は、はい」

なにが終わりそうなのかわからないが、オリヴィエのためなら、なんでもしてあげたいと思う。

さらに先走りが噴き出し、扱くたびににちゅにちゅと卑猥《ひわい》な音が立つ。

「――っ」

押し殺すような低い呻《うめ》き声《ごえ》とともに、オリヴィエがぶるりと腰を大きく震わせ、同時に手の中の男根がびくびくと戦慄《わなな》いた。

直後、とろりと生温かいものが溢れてフォスティーヌの手を穢《けが》した。

「あ――」

本能的に、男が欲望の精を吐き出したのだと感じる。

握っている手の中で、じわじわと屹立が萎《しぼ》んでいくのを感じた。

でもどうしていいかわからず、そのままでいると、オリヴィエがゆっくりと身を引いた。

ぬるっと萎えた陰茎が手から抜け出ていく。

「そのまま――」

浅い呼吸に乱れた声で、オリヴィエが言い、自分のガウンの裾でフォスティーヌの手を丁寧に拭き取ってくれた。

すっかり吐き出したものを拭い取ると、オリヴィエが背後から抱き締めてきた。

「ありがとう――フォスティーヌ」

ちゅっ、ちゅっと耳の後ろから首筋にかけて口づけの雨を降らせてくる。

自分もオリヴィエと同じくらい性的に興奮したのが感じられる。下腹部のあらぬ部分が、ぬるついている気がした。そして、媚肉がずきずき疼いてたまらない。

もはやフォスティーヌは我慢できなくなり、顔を振り向けた。

「オリヴィエ様」

それを待っていたかのように、オリヴィエが唇を重ねてくる。

「ん……ふ」

口腔にオリヴィエの舌が忍び込み、フォスティーヌの舌に絡んでくる。ちゅっと舌を強く吸われると、舌の付け根がじんと甘く痺れ、頭の中が朦朧《もうろう》としてくる。

「は……ぁ、は……んんぅ」

くちゅくちゅと唾液の弾ける淫猥《いんわい》な音が耳の奥で響き、鼓膜まで甘く疼き、身体のあらゆる器官が淫らな悦《よろこ》びに反応してしまうようだ。

たっぷりと深い口づけを堪能したオリヴィエは、そっと唇を離し、悩ましい声でささやく。

「——おやすみ」

「はい……おやすみなさい」

オリヴィエが背後からそっと抱き直してくる。

そして、フォスティーヌの首筋に顔を埋めたかと思うと、ゼンマイが切れるみたいにことんと眠りに落ちてしまう。

「あ——オリヴィエ様」

彼のすやすやと規則正しい呼吸音を聞きながら、フォスティーヌはひどく満ち足りた気持ちになる。猥りがましい行為をしたというのに、なにか崇高な儀式を成し遂げたような達成感があった。

その晩からは、オリヴィエが求めれば、その滾った欲望を手で慰めるのが、フォスティーヌの役目のひとつに加わった。

オリヴィエに指示されて、彼の感じやすい部分や擦り方もわかってくるが、やはり性的な行為は恥ずかしい。

いつも背中を向け、顔を見られないようにして手を動かした。

けれど、恥ずかしさと裏腹に、日毎にフォスティーヌは、自分の身体の中に、妖しい欲望の種が芽吹いて育つのが感じられた。

一線は越えないと明言したのに、オリヴィエが望めばなんでも差し出してしまいそうなせつさなが、どんどん膨れ上がる。

恋している人と、こんなにも密接に寄り添っているのに、この気持ちは押し殺さねばならない。

これは仕事なのだから出すぎたまねだけはすまい、そう強く心の中で言い聞かす。

皇帝陛下が添い寝係の女性を閨に呼び込んだという噂は、あっという間に首都の社交界に広まっていた。

だが、皇城の奥のオリヴィエの個人的フロアで過ごしているフォスティーヌには、その噂はあずかり知らぬところだった。

第三章　没落令嬢は社交界の華となる

オリヴィエの添い寝係になって、ふた月ほど経《た》った頃である。

早朝、いつものように先に目覚めて支度をしていたオリヴィエが、まだとろとろ惰眠を貪っていたフォスティーヌをそっと揺り起した。

「フォスティーヌ、フォスティーヌ。もし起きれたら、私の午前中の農場の視察に付き合わぬか？」

「農場の……視察です、か？」

一気に目が覚めた。

田舎の領地の農場が頭に浮かび、懐かしさに胸が揺さぶられる。

さっと起き上がり、反射的に答えていた。

「行きたいです——あっ……」

答えてしまってから、分不相応なことを言ってしまったと気がつき、慌てて打ち消した。

「い、いえ、けっこうです。私なんかお供しても、なんのお役にも……」

オリヴィエが人差し指で、そっとフォスティーヌの唇を押さえる。

「いや、以前、あなたとこの国の天気や農産物の話をした時に、あなたの見識の深さに、私はひどく感心させられたのだ。今回も、あなたの忌憚《きたん》のない意見を聞きたい」

フォスティーヌは顔を赤らめる。

確かに、田舎の貧しい暮らしで、領地の管理も一手に引き受けてきたから、農作物や家畜についての知識は豊富である。でも、それは上級貴族の令嬢には不要なものだ。育ちの良い令嬢は、政治にも気候にも時事問題にも農作物の出来高にも、興味がなくていい。いかに殿方に対して優雅に振舞えるか、魅力的な体型を維持できるか、最新流行のファッションに詳しいか、ダンスや歌がどれだけ上手に披露できるか。そういうことが、必要なのだ。事実、かつて高級貴族の令嬢たちと会食した際の会話には、まったくついていけず、恥ずかしい思いをした。

なのに、オリヴィエは、フォスティーヌの価値を別に評価してくれているようだ。

それがとても嬉しくて、ますます心惹《ひ》かれてしまうのだ。

動きやすい簡易なドレスに着替え、オリヴィエに導かれて皇城の裏手に出た。

そこは広大な麦畑と羊の放牧されている牧場があった。

小麦は黄金色に実り、刈り取るばかりになっている。

「まあ……美しい！」

フォスティーヌは歓声を上げた。

さすがは皇家専用の畑だ。豊かな土壌に農作物が豊富に実っているようだ。

フォスティーヌの住んでいた田舎の領地は、痩せた土地に強いライ麦を植えていた。

「もうすぐ収穫なのだが、これを見てほしい」

オリヴィエは手元の小麦を折り取ると、上着のポケットから別の小麦を取り出し、その二本をフォスティーヌに差し出す。

「あなたに違いがわかるかな？」

二つの小麦を受け取ったフォスティーヌは、鞘《さや》を見比べ、そっと指で大きさを確かめる。

「そうですね。心持ち、今年の小麦の方が痩せている気がします」

オリヴィエが大きくうなずく。

「その通りだ。わずかだが、年々小麦の収穫高が落ちている」

フォスティーヌは一面の麦畑を見渡す。

「そのようには見えませんが」

「うん、だが事実なのだ。毎年、土壌の改良には力を注いでいるのだがね。我が国の小麦栽培の主流を、この畑でも導入し、収穫の予想を立てているのだよ」

「そうなのですね」

「あなたは、自分の領地の管理をしているという。あなたの領地の農作物は、どのように育てるのだね？」

フォスティーヌは、一国の皇帝に自分の意見を述べるのは恐れ多くて、かすかに顔を赤らめる。だが、オリヴィエが真剣な表情でこちらを見てくるので、真摯に答えねば、と思い直した。

しばらく考えてから、ゆっくり口を開いた。

「私の田舎は貧しい土壌ですから、このようにきちんと区分けして作物を育ててはおりません。よい堆肥《たいひ》を作る財力はありませんから、休耕期には、土地にクローバーを植え、家畜たちを放牧して自由に食べさせています。そうすると、彼らの糞《ふん》でほどよく土地が肥えてくれるのです」

オリヴィエはじっと聞いていた。

「なるほど、家畜を養い土地にも栄養を与えるという、一石二鳥というわけだな」

フォスティーヌはこくりとうなずいたが、さらに赤面した。

「でも、これは、貧しい農民の知恵からきているのです」

「それは生きた知恵だ」

オリヴィエは感慨深そうな顔つきになった。

「クローバーか。来年から一部の土地で、家畜を使った肥料の育成を試してみよう」

それから、オリヴィエはふっと表情を和らげた。

「難しい話を振ってしまったが、あなたの意見は実に有益だったよ。ありがとう」

フォスティーヌは耳朶まで真っ赤になった。

「いえ──田舎者のこんな知識がお役に立てるのなら、いくらでも……」

オリヴィエは笑みを浮かべたまま、フォスティーヌに手を差し伸べた。

「少し、麦畑の中を歩こうか」

フォスティーヌはオリヴィエに手を取られ、畦道《あぜみち》をゆっくりと歩いた。

実った小麦畑の中を二人で歩いていると、まるで黄金の海の中を進んでいるようで、夢のようにうっとりしてしまう。

さやさやと麦畑を渡る風の音だけ。

密かに愛する人と二人、いつまでもどこもまでも、このまま歩いていければいいのに、と思う。

「フォスティーヌ、私はね、未来の皇妃になる人とは、このように対等に会話をしたいのだよ」

前を進みながら、オリヴィエがぽつりと言う。

「国を背負う皇帝と皇妃として、互いに同じ方向を向いて国を豊かに治めていきたい。それが、私の夢なのだよ」

オリヴィエが自分の将来について語ったのは初めてのことで、フォスティーヌはしみじみしたその口調が胸に沁《し》みた。

同時に、その未来の連れ合いになる女性が羨《うらや》ましいと、心から思う。

決してそれが自分ではないとわかっているから。

ほろ苦い想いを、フォスティーヌは噛《か》み殺して、無言でオリヴィエの後から歩いて行った。

数日後。

夜半過ぎ、呼び鈴の音に、いつものように皇帝の寝所を訪れると、オリヴィエはまだ机に向かっていて、仕事の残りを片付けているようだった。

「ああ来たね。もう少しで残りの書類にサインし終えるので、その間に、このカタログを見ていなさい」

オリヴィエが一冊の色刷の小冊子を手渡してきた。

「なんでしょうか、これは？」

「最新ドレスのカタログだ。来月は、私の二十六歳の誕生日だからね。皇家には国一番の仕立て屋がいるから、どんなドレスでもあなたのお好みのまま、作らせよう」

「ドレス、ですか？　いえ、もうクローゼットには十分すぎるくらいのドレスがございます。わざわざ新しいドレスなど、必要ないです」

フォスティーヌはカタログを返そうとした。オリヴィエは困惑したようにため息をつく。

「あなたのその慎ましい気質はとても好ましいが、これは私の命令である」

「命令？」

「来月私の誕生日だと言ったろう？　その祝いに、あなたも同席してほしいのだ」

フォスティーヌは目を瞠《みは》る。

「わ、私のようなものが？　私はただの使用人です。恐れ多いです」

「いや、なんとしてもあなたを連れて行く。あなたに拒否権はない」

オリヴィエが断固とした口調で言う。

フォスティーヌは唇を噛《か》んだ。

実家の伯爵家は没落し、田舎の寂れた屋敷で暮らしていたフォスティーヌは、正式に社交界デビューを果たしていない。

そもそも、自分の容姿に自信もない。都会の裕福な令嬢たちのように、容姿に磨きをかける余裕などなかった。

こんな田舎令嬢を、華やかなお祝いの席に連れ出そうとするオリヴィエの真意がわからない。

フォスティーヌは思い切って反論した。

「オリヴィエ様、私のような、社交界のしきたりもダンスもろくに知らない田舎娘を連れて行くのは、あなた様の恥になります。どうぞ、お考え直しください」

「恥？　あなたは自分を恥じているのか？」

「恥じてはおりませんが、人には分というものがあると思います」

キッと表情を引き締めた。

オリヴィエはまじまじとフォスティーヌの顔を見る。

それから、感に堪えないような表情になった。

「あなたのその内に秘めた誇り高さは、どんな身分の高い令嬢よりも、とても尊いと思う」

フォスティーヌは顔が赤らむのを感じた。まさか、褒められるとは思わなかった。

偉そうにオリヴィエに意見したことを後悔した。

フォスティーヌは、オリヴィエがこうと決めたことは頑として押し通す性格であることはよくわかっているので、これ以上言い募るのは時間の無駄だと思った。

「申し訳ありません、オリヴィエ様——陛下の願いなら、私はどんなことをしてもかなえましょう」

「うん、その意気だ。大丈夫、あなたは賢い。社交界のしきたりなど、直《す》ぐに覚えよう。ダンスなら、よい教師をつけてあげるから、来月までみっちり稽古すればよい。最高のドレスと、最高の美容師をつけよう。私の恥にならぬよう、誠意努力するのだな。まずはドレスを選ぶがいい」

オリヴィエはそれで話はお終《しま》いとばかりに、書類に目を落とした。

フォスティーヌは仕方なく、ソファに腰を下ろし、最新のカタログをめくる。

今の社交界は、身体のラインをコルセットで整えフリルやレースをふんだんに使った少女趣味なものが流行《はや》りらしいと知る。色もピンクや赤や黄色が中心で、幼く無垢《むく》な雰囲気を強調する感じだ。絵に描かれたモデルは、どれも折れそうなほど細い肢体だ。

フォスティーヌは思わずカタログを閉じてしまう。

とても自分には着こなせない。

フォスティーヌの身体は、抜けるような白い肌にほどよく脂肪が乗り、大きめの乳房とくびれたウエストに豊かなヒップと、とても女性らしい体型なのだ。自分では少しばかり肉がつきすぎているのではと懸念するが、いつもオリヴィエは、

「あなたは柔らかくて、なんと抱き心地のいい身体だろう」

と言う。もしかしたら、この体型のせいでオリヴィエの添い寝係に選ばれたのかもしれない

と思う。

こんなひらひらした乙女系のドレスは、ぜんぜん似合わない。

どうしようと思う。

オリヴィエに恥をかかせたくない。

しばらくうつむいて無言でいると、その気配を察してか、オリヴィエが声をかけてきた。

「気に入ったドレスは、なかったのかな？」

はっとして顔を上げ、控えめにうなずく。

「では、別の仕立て屋のカタログを取り寄せるか？」

「いえ、オリヴィエ様。もし、お許しをいただけるのなら、私がドレスの形を注文してもかまいませんか？」

オリヴィエは考え深げに目を眇《すが》めた。

「なるほど、流行には乗らぬというのだな？」

「そういうわけではないのですが、私には着こなせないデザインばかりで――せっかく新調していただくのなら、私らしさが一番引き出せるものがいいと思うのです」

オリヴィエはかすかに笑みを浮かべる。

「よくわかる。もちろんだ、あなたの好きなデザインで仕立てさせるがいい。明日の昼、あなたの部屋に仕立て屋をよこそう」

フォスティーヌはほっとした。

「寛大な御心、感謝します」

オリヴィエは書類をテーブルに置くと、椅子ごとフォスティーヌに向き直り、両手を差し伸べてきた。

「おいで、フォスティーヌ。あなたを抱かせておくれ」

ベッドの上以外で求められるのは初めてで、フォスティーヌは一瞬ひるんだが、ゆっくり立ち上がり近づいていく。

オリヴィエがさっとフォスティーヌの細腰に手を回し、自分の膝の上に抱き上げる。

「あ……」

ぎゅっと抱きしめられ、額や頬に軽く唇を押し付けられた。

「あ、あの、オリヴィエ様、お休みになられるのなら、ベッドへ……」

「まだ眠くない。ただ、抱きしめたいのだ、あなたを」

「は……い」

戸惑いながらも、たくましい胸に抱かれると、ドキドキして気持ちが熱くなる。

「素敵だ。あなたはほんとうに素敵な女性だ。首都の社交界の令嬢たちなど、みな紋切り型の会話しかできぬ作り物の人形だ。あなたの足元にも及ばぬ」

解いて背中に垂らしたフォスティーヌの長い金髪を手に掬《すく》い取り、オリヴィエはそこにも繰り返し口づけした。

「そ、そんな過分なお言葉……」

こんな手放しで褒められて、ドキマギしてしまう。

「私は嘘は言わぬ。こんなふうに実のある会話ができる女性に、初めて出会った」

ちゅっちゅっと、瞼《まぶた》の上、鼻先にも口づけの雨が降る。

まるで口説かれているようで、フォスティーヌは気持ちが混乱し、喜びと戸惑いで頭がクラクラした。

そのまま、しっとりと唇を塞がれる。

「ん……ぁ、あ」

オリヴィエが顔の角度を変えながら、繰り返し啄ばむような口づけを仕掛けてくるだけで、気持ちが高揚して頭がぼんやりしてくる。触れ合っている箇所から熱がどんどん高まって行くようで、自然に深いものに変わる。

くちゅくちゅと舌を擦り合わせていると、胸が締め付けられるほど切なく甘い快感が全身を満たしていく。悩ましい鼻声が自然と漏れてしまう。

「ふぁ、あ、ぁ……ん」

オリヴィエの膝の上に座っているので、彼の股間の欲望がみるみる漲《みなぎ》ってくるのが感じられた。

「んぁ……オリヴィエ様……あ、あの……お慰めいたしましょうか？」

恥じらいながら腰をずらそうとすると、オリヴィエはやにわにフォスティーヌの夜着の合わせ目のリボンをするりと解いた。

「あっ……」

前びらきの夜着がはだけ、ふるん、と豊かな乳房がまろび出てしまう。

「きゃあっ、な、なにをなさるんですかっ」

慌てて両手で胸元を覆い隠した。

するとオリヴィエは、真っ赤に染まったフォスティーヌの耳朶に唇を寄せ、色っぽい声でささやいた。

「毎晩私を心地よくさせてくれるあなたを、私も心地よくしてやりたい」

そのため息交じりの低い声だけで、ぞくんと背中が甘く震える。

「い、いえ、私など、けっこうです……」

「あなたが心地よくなると、私も心地よいのだ」

そう言いながら、オリヴィエはちゅっちゅっと音を立ててフォスティーヌに口づけを仕掛けてくる。

「ん、んん……」

舌を絡め取られて、再び口づけの快感に酔いそうになると、オリヴィエの男らしい大きな手が乳房に直《じか》に触れてきた。ひんやりした手の感触に、びくんと肩が竦む。

「っ——ぅ、ふ」

「なんてすべすべした肌だろう、手のひらに吸い付いてくるようだ——」

うっとりした声を出し、たわわな乳房を掬《すく》い上げるようにして、オリヴィエは乳房をゆるゆると揉《も》みしだいてくる。

「ふ、ぁ……ぁあ」

円を描くように乳房を揉みこまれると、不可思議な心地よさが生まれてくる。

そして、白い乳房の頂《いただき》の小さな突起が、じわりと芯を持って尖《とが》ってくるのを感じた。

凝った乳首に、触れるか触れないかの力で軽くオリヴィエの指先が触れた途端、びりっと甘い痺れが走り、フォスティーヌはびくんと腰を跳ね上げてしまった。

「あっ、ん？　あ、や……」

フォスティーヌの反応に、オリヴィエは唇をわずかに離して、吐息交じりにささやく。

「感じたか？」

フォスティーヌはうろたえる。羞恥で顔から火が出そうなほどだ。

「か、感じて……なんか……」

「これは、どうだ？」

オリヴィエはしなやかな指先で、硬くなった乳首を爪弾《つまび》くようにして触れてきた。するとそこから甘くせつない疼きがどんどん溢れてきて、その疼きが全身に広がっていく。

「あ、ん、や、やぁ……だめ……」

未知の感覚に翻弄されて、フォスティーヌは思わず身を捩《よじ》って逃れようとした。

すると、いきなりきゅうっと凝った乳首を強く摘まみ上げられた。

「あ、つうっ」

ぴりっとした痛みに悲鳴を上げると、すぐにそこを優しく撫で回される。じんじんする乳首は、さらに鋭敏になった。甘い疼きは下腹部のあらぬ部分をきゅんきゅんうごめかせ、フォスティーヌはどうしていいかわからず背中を仰《の》け反《ぞ》らせて身悶えた。

「あぁん、あ、も、しないで……あぁ……」

自分ではしたない疼きをやり過ごそうとしたつもりだったが、かえってオリヴィエの方に胸を突き出す格好になってしまった。

「ああ、可愛い声で啼《な》く。透き通るような肌に、真っ赤に色づいた蕾《つぼみ》が美味しそうだ」

オリヴィエは口づけで濡れた唇を、フォスティーヌの首筋から肩甲骨、胸元へと這《は》いおろしてきた。

そして、おもむろに乳首を咥《くわ》え込んできたのだ。

「ひああっ、あ、や……ぅ」

濡れた舌が疼き上がった乳首に絡みつき、舐め回す。時折、口づけするようにちゅうっと吸い上げて、再びやんわりと舌が這う。

「やめ……あぁ、舐《な》めないで……そんな……ぁ、ぁ」

それは指でいじられるより、ずっと官能的で心地よく、刺激は直に下腹部の奥を攻め立てて、淫らな飢えをはっきりと感じた。

「だめ……だめぇ、やめて……ください……わ、私……私、変な感じに……んぁあ」

首をふるふると振って、耐えきれない甘い愛撫《あいぶ》を拒もうとする。

乳房の狭間《はざま》からわずかに顔を上げたオリヴィエは、淫らに喘《あえ》ぐフォスティーヌの顔をじっと見つめてくる。

「なんて艶《なまめ》かしい表情だ。フォスティーヌ、これが心地よいか？」

再び乳房に顔を埋めてきたオリヴィエは、左右交互に乳首を口に含み、舐め回したり軽く歯を立てたり強く吸い上げたり、自在に刺激してきた。

「はぁあ、あ、だめ、あぁ、もう、しないでぇ……あぁ、やあぁん」

媚肉が淫らにきゅうきゅう収斂《しゅうれん》し、腰から下が蕩けそうになった。はしたない声を漏らすまいとするのに、乳首を刺激されるたび、引き結んだ唇からどうしようもない猥りがましい声が漏れてしまう。

声を出さないと、さらに快感が切羽詰まったものになって、フォスティーヌを追い詰めるのだ。

秘所が物欲しげにひくつき、どうしていいかわからない。太腿《ふともも》をぎゅっと閉じ合わせて力を込めると、きゅーんとせつない快感が増幅して、さらに混乱してしまう。それに、なにかぬるぬると滑る感触までして、自分で自分の身体の仕組みに困惑してしまう。

「あぁ、オリヴィエ様、お願い、もう、しないで、辛くて……だめ、もう……」

「どこが辛いのだ?」

乳首を舐め上げながら、オリヴィエが艶かしい表情で見上げてくる。その色っぽさに、全身の体温がかあっと上がった。

「いや……言えない、です……そんな、恥ずかしいこと……」

するとオリヴィエはにこりと微笑み、乳房を掬い上げていた片手を、ゆっくりとフォスティーヌの下腹部へ下ろしていく。

夜着の裾を捲り上げ、むっちりした太腿が露《あら》わにされた。

「あっ、やっ……ぁ、あ、ぁ」

内腿《うちもも》を撫で回されると、背中がぞくぞく甘く痺れる。

オリヴィエの手が、さらに秘所へ触れようとしたので、慌てて両足に力を込めて侵入を拒む。

だが、それは儚《はかな》い抵抗で、男の力強い手はやすやすとフォスティーヌの太腿を押し広げた。下穿きを付けていない下半身が無防備に晒される。

あまりの恥かしさに、目眩《めまい》がしてきた。

「やめ……だめ、あ、だめ……」

思わず目をぎゅっと瞑り、羞恥に耐える。

オリヴィエの指はそのまま秘裂をまさぐってくる。

ぬるりと指が滑り、花弁を軽く上下になぞった。

「はあっ、あっ、あ」

直後、どうしようもない快感がそこから背中を走り抜け、フォスティーヌは大きく腰を跳ね上げて甲高い嬌声《きょうせい》を漏らしてしまった。

「濡れているね」

片手でフォスティーヌの背中を引きつけ、オリヴィエは指をうごめかせた。

「ぬ、濡れて？……ぁ、ぁあ……やぁ……」

かすかに粘ついた音を立てて、オリヴィエの指先が無垢な陰唇を撫《な》で擦《さす》った。

「心地よいだろう？　気持ちよく感じると、ここが濡れてくるのだよ」

「ん……ぁ、あ、そんな……ぁ、だめ……ぇ」

自分でも触れたこともない秘密の箇所をオリヴィエにいじられて、初めて知る性的快感に、フォスティーヌは戸惑いを隠せない。

恥ずかしくてやめてほしいのに、もっと触れてほしいという淫らな欲求も膨れ上がってきて、どうしていいかわからずにオリヴィエのガウンにしがみつく。

次第にくちゅくちゅという卑猥な水音が大きくなり、身体の奥からとろりとした蜜が溢れてくるのがわかった。

「ああ、どんどん溢れてくる、素直で可愛い身体だね。ここは――感じるかい？」

オリヴィエの上下に動く濡れた指が、薄い恥毛を掻《か》き分《わ》け、割れ目のすぐ上に佇《たたず》む小さな突起をぬるっと擦り上げた。

刹那、雷にでも打たれたような鋭い喜悦が背中からの脳芯にまで走り抜け、フォスティーヌは腰をびくんと大きく跳ね上げてしまった。

「ひぅっ？　あ、あぁ、あ、なに？　あ、や……ぁっ」

腰が蕩《とろ》けてしまうかと思うほどの、強烈な快感に、悲鳴のような声を上げてしまう。

「ここが、女性の一番感じる部分だよ、フォスティーヌ、ほら、もっと触れて上げる」

オリヴィエはフォスティーヌの柔らかな耳朶を甘噛みしながら、ぬるぬるとそこばかりを触れてきた。

「や、だめ、あ、だめ、しないで、あ、あ、だめぇ、やめて……っ」

こんな快感は生まれて初めてで、怖いのに頭が酩酊しそうだ。

「だめじゃないだろう？　小さな蕾が感じ入って、どんどん膨れてきた。ぱんぱんになって、破裂しそうだよ」

オリヴィエはさらに溢れてきた愛液のぬめりを借りて、充血した剥《む》き出《だ》しになった秘玉を、優しく、でも執拗《しつよう》に撫で回した。

甘く痺れる。

「んんっ、ん、はぁ、あ、やだ……だめ、こんなの、だめ……あぁ、あ、ぁ……ん」

おかしくなりそうでやめてほしいのに、もっと触れてほしいような、矛盾した淫らな欲望に、フォスティーヌは翻弄されてしまう。小さな突起の生み出す快感は、なぜだか膣襞をきゅうっと収縮させ、なにかを求めてひくついてしまう。

腰がもどかしくくねり、両足の力が抜けて股間が開いてしまう。

「や、あ、はぁ、オリヴィエ様、こんなの……あぁ、恥かしい……こんなに……ぁあ」

「花弁がびくびくしている。気持ちよいのだね。こうすると、どう？」

オリヴィエは円を描くように撫でていたそこに軽く指を押し当て、くりくりと揺さぶってきた。

「や、やぁっ、あ、あ、だめ、あ、あぁぁ」

下腹部から全身に向かって、目も眩《くら》むような快感がほとばしった。

頭が苛烈な快感で朦朧としてくる。

怖い。

意識が飛んでしまいそうだ。

ぎゅっとオリヴィエの肩に爪が食い込むほど強く、しがみついた。そうしていないと、身体ごと浮き上がってしまうような錯覚に陥る。

「やあ、もう、だめ、おかしく……あ、あ、怖い……なにか、来る……あ、やめ……」

フォスティーヌはぎゅっと目を瞑り、どうしようもない悦楽をやり過ごそうとした。でももう遅い。

「来そうか？　いいんだ、そのまま気持ちよさを極めてしまえ。達《い》ってしまうんだ」

オリヴィエは容赦なく快感の肉粒を揺さぶり続ける。

「んんぅ、あ、あ、も……ぁ、あ、ああ、はあっ」

閉じた瞼の裏で、愉悦の白い火花がちかちか点滅する。

全身の意識がオリヴィエの指の動きだけを追い、もたらされる快感しか感じられなくなる。

お尻の下の方から、熱い波のようなものがせり上がってきて、意識を掠おうとする。

「あっ、あ、あ、だめぇ、ああ、だめぇ……っ、あ、あぁぁぁあっ」

ひときわ鋭い稲妻のような悦楽が全身を貫き、フォスティーヌは背中を仰け反らせてびくびくと腰を痙攣《けいれん》させた。

全身が強張《こわば》り、爪先までぎゅうっと力が籠もった。

永遠に続くような一瞬、ただ気の遠くなるような愉悦が全身を支配していた。

「……ぁ、あ、は、ぁ……はぁ、は……ぁ」

刹那、全身の強張りが解け、フォスティーヌはぐったりとオリヴィエの胸に倒れこむ。

生まれて初めての快感はなかなか冷めず、心臓が早鐘を打ち、自分の忙《せわ》しない呼吸音しか聞こえなかった。

オリヴィエの指が、やっと動きを止める。

「初めて、私の手で達ったのだね、初心《うぶ》なフォスティーヌ」

彼は感に堪えないような声を出し、汗ばんだフォスティーヌの額や頬に繰り返し口づけし、目尻に溜《た》まった快感の涙を吸い上げた。

「い、いく……？」

はしたない表情とあられもない声を聞かれ、羞恥に顔を上げられない。

オリヴィエはちゅっと唇に口づけし、悩ましい声で答える。

「気持ちよすぎて、もう耐えられない、限界を超えてしまうことだよ。あなたは、大人の女性への扉を開いたんだ――」

フォスティーヌはまだ快感の余韻で頭が混濁し、思考がまとまらない。

でも、この性的快感は、今までフォスティーヌがオリヴィエの欲望を手で慰めていたのと同じものなのだと、本能的に感じる。

こんなにも気持ちよいものなのだ。

一度知ってしまったら、忘れられなくなりそう。

「いや……恥ずかしい……」

悦楽に溺れた自分を恥じて、オリヴィエの胸に顔を押し付けいやいやと首を振る。

やっと、理性が戻ってくる。

「わ、私の仕事は、オリヴィエ様を心地良くして差し上げて、深い眠りを与えて上げることで、私が気持ちよくなる必要は、ないんです……こんなこと、していただくことは、ありません」

「それは違う」

ふいにオリヴィエの長い指が、綻《ほころ》び切った花弁の内側にぐっと押し入ってきた。

「あっ」

濡れ果てた媚肉は、異物の侵入をあっさりと受け入れてしまった。

それどころか、秘玉の刺激で飢え果てていた蜜壺は、悦《よろこ》ばしげにオリヴィエの指を締め付けてしまう。硬く節くれだった指の感触が、内壁の熱を冷ましてくれるようでひどく心地良かった。

だが、生まれて初めてそんなところに指を挿《い》れられる不安感に、背中が強張る。

「あ、や……指……そんなとこ……」

「狭いね、でも、熱く濡れてひくひくしている。私の指を締め付けてくるよ――怖いか？」

耳元でオリヴィエが甘くささやく。

「ん……少し……怖い……」

「いい子だ。中も気持ちよくなることを、教えてあげよう」

オリヴィエは根元まで深く指を突き入れると、隘路《あいろ》を押し広げるようにして、ゆっくりと抽挿を始める。

「あ、あ、ぁあ……」

くちゅくちゅと粘ついた水音を立てて、オリヴィエの指が膣襞を行き来する。

そうしながら、彼の親指は鋭敏な秘玉に再び触れてくる。

その刺激に、びくんと腰が浮く。

一度達してしまったそこは、ひどく敏感になっていて、瞬時に快感の頂点に飛びそうになった。

「ひあっ、あ、や、もう、しないで……っ」

「あなたが感じるたびに、奥がきゅっと締まる——大丈夫、じっとして、ただ、感じて」

あやすようなオリヴィエの声とともに、隘路《あいろ》に挿入される指がいつの間にか二本に増やされていた。

奥に突き入れられると、隘路が引き攣《つ》るような感覚があるが、ゆっくりと抜き差しを繰り返されているうち、子宮の奥の方からじんわりと重苦しいようなせつないような感覚が迫《せ》り上がってきた。

「あ、あぁ、あ、指が……あ、いっぱいで……あ、は、あぁ……ん」

内壁を擦られると、陰核への鋭い刺激とは違う、濃密で腰全体が蕩けそうな心地良さが生まれてくる。

「よくなってきたか。中がうねって、私の指に吸い付いてくるよ」

「んんぅ、ん、はぁ、や、また……なにか、来るの……あぁ、どうしよう……」

深い快感に、魂が抜けてしまいそうだ。

これ以上なにかされたら、自分が自分でなくなりそうで、淫らな行為に耽溺《たんでき》してしまいそうだ。

「お、願い……オリヴィエ様、もう、しないで……私、私、こんな恥ずかしい……おかしくなって……変な声が……あ、あぁ、あぁ」

オリヴィエの筋肉質のたくましい胸に顔を押し付け、頭を振り立てて訴える。

「思いきり啼いていい。感じるままに、声を出して、私の動きだけを感じてごらん」

オリヴィエは、フォスティーヌの髪に顔を埋め、くぐもった妖艶な声であやす。頭蓋骨に直に響くような深い声に、わずかに残った恐怖や羞恥心がかき消されてしまう。

「はぁっ、あ、あ、奥、あ、あ、来る、あ、さっきより、あ、大きいのが、あ、来ちゃう……っ、だめぇっ」

「ふ――ぎゅうぎゅう締めてきたね。いいんだ、さあ、このまま淫らに達《い》っておしまい、フォスティーヌ」

オリヴィエの指の動きが、加速された。

ぐちゃぐちゃと媚肉を掻《か》き回す卑猥な音が、ひときわ大きくなった。

指の振動がもたらす重苦しい喜悦が、全身を甘く犯していく。

指の抜き差しがさらに速くなり、ちゃぷちゃぷと愛液が弾ける音が激しくなって、快感があっという間に極《きわ》まってきた。さきほどのように全身が硬直していく。

「はぁっ、あ、あ、あぁ、あ、くるっ、あ、もう、あ、もうだめ、あ、あ、あぁあぁあっ」

フォスティーヌは甲高い嬌声を上げ、限界に達して、びくんびくんと腰を大きく震わせた。

「あ、あーっ、あ、あぁあぁーーっ……っ」

媚肉と秘玉と両方から襲ってくる快感に、喉が開きかけ、切り裂くような悲鳴を上げてしまう。

意識が真っ白に染まった。

息が詰まる。

子宮の奥が、きゅうきゅう収斂して、せめぎ合う絶頂にもうなにもわからなくなった。

「……は、はぁ……ぁ、あぁ、あ……」

止まりかけていた呼吸が再開し、わずかに意識が戻ったが、理性は糖蜜のようにとろとろに蕩けてしまった。

「ああ——達したあなたはなんて可愛いのだろう、フォスティーヌ。たまらないよ」

フォスティーヌはうっとりした表情で、じっとオリヴィエに抱かれていた。

するとオリヴィエはぐったりしたフォスティーヌの身体を持ち上げ、自分のガウンの裾を捲り上げて、股間をまたぐ格好にさせた。

そのまま、ゆるゆると自分の下腹部を揺さぶってくる。

「ん、あ……ぁ」

はち切れんばかりに張ったオリヴィエの欲望が、濡れそぼったフォスティーヌの割れ目に押し当たり、前後に動く。

指よりももっと太く硬くごつごつした屹立の感触に、熟れ切った花弁は灼《や》けつくような快感を生み出す。

「ああ、あなたのここがぬるぬるして、とてもよい」

オリヴィエが陶酔した声を出し、息を乱す。

フォスティーヌははっと自分の役目を思い出し、うろたえて言う。

「あ、手で……いたします」

「いや、どうか、このままあなたのここで、擦らせてくれ」

「あの、でも……」

「擦るだけだ、それで、十分、心地よい」

耳元でささやくオリヴィエの声が乱れて掠《かす》れ、その響きに全身が総毛立つ。

「ん……は、ふぁ、ぁ……」

擦られた秘所がじんじん疼き、いつの間にかオリヴィエの腰の動きに合わせて自ら腰を淫らに振り立てていた。

こんなはしたないことを、と思うのだが、互いに心地よくなっているのだと思うと、腰の動きを止められない。

「ふ――いけない子だね、自分で腰を振ってくるなんて」

「あぁん、だって……止められないの……許して……」

潤み切った蜜口から、さらに愛液が溢れ、オリヴィエの肉茎をじっとりと濡らし、さらに腰の動きが滑らかになる。

「いいんだ、フォスティーヌ。もっと私を感じてほしい」

オリヴィエが唇を奪ってきて、舌を絡め取ってきつく吸い上げてきた。

「んぁふ、ふぁ……んんん、んぅ……」

情熱的に口腔を掻き回され、全身が甘く蕩けてくる。

拙いながら、夢中でオリヴィエの舌を求め、その動きに応じた。

だが、すぐに彼の舌技の巧みさに四肢の力が抜けてしまい、うっとりと深い口づけを受けるだけになってしまう。

「んう、んふ、ふぅ……ん」

口蓋の感じやすい部分を舐め回されると、あまりの気持ちよさに、触れられてもいない乳首までがじんと痺れ、硬く凝って、つんと尖ってくる。

薄い夜着を押し上げて、赤く色づいた乳首が透けてしまう。

溢れた唾液を啜りながら、オリヴィエがフォスティーヌの乱れた様子を凝視する。

「なんて淫らな姿だろう。いやらしくてこの上なく美しくて、なのにそのあどけない表情――あまりに罪だぞ」

オリヴィエは薄い布地越しに乳首を咥え込んできた。

「あっ、やぁっ」

生温かく濡れた感触に、すでに潤みきった媚肉からさらに愛液が溢れ、子宮の奥がきゅんきゅん甘く疼く。

あまりに感じ入ってしまい、もはや全身から力が抜けて、腰の動きも止まってしまう。

するとオリヴィエは、乳首を舐めしゃぶりながら、フォスティーヌの柔らかな尻を両手で抱え、自分の腰の律動をさらに早めてきた。

「んぁあ、あ、はぁ、あ、だめ、あ、そんなに擦っちゃ……あ、あぁ」

綻びきった蜜口の浅瀬を、太い血管が浮いた屹立が力強く行き来すると、張り出した先端が膨れた秘玉も刺激して、どうしようもなく気持ちいい。

「はぁ、あ、は、あ、だめ、もう、だめ……あぁ、また、達って、しまいます……っ」

涙目で訴えると、オリヴィエはさらに腰の動きを速めてくる。

「私もよい――一緒に、達こう、フォスティーヌ」

オリヴィエの荒ぶる張りが、ぐんと嵩《かさ》を増す。

媚肉の割れ目の奥にまで肉胴が食い込み、どうしようもなく感じ入ってしまった。

「あ、あぁ、あ、あ、はぁ、あ、だめ……っ」

熱い絶頂が迫ってきた。

「――く、もう、出すぞ――っ」

オリヴィエががくがくと腰を震わせた。その激しい動きに、フォスティーヌは一気に快楽の頂点に押し上げられた。

「ああ、あぁあ、はぁあぁっ」

背中を弓なりに仰け反らせ、全身を強張らせる。

「――っ」

直後、オリヴィエの太茎が大きく震え、フォスティーヌの太腿にどくどくと熱い精を吐き出した。

「……は、はぁ、あ、ぁ……ああ……」

「ああ、フォスティーヌ――」

荒い呼吸を繰り返しながら、オリヴィエがぎゅっと抱きしめてきた。

「ふぅ――」

耳元で満足そうな深いため息をつかれ、オリヴィエを達かせた悦びで、膣奥がきゅうっと締まり、再び軽く達してしまう。

ゆっくりと腕を解いたオリヴィエは、自分のガウンで自分の白濁の飛沫《しぶき》を拭き取った。そして、汗ばんだ額をフォスティーヌの額にこつんと当て、ささやく。

「よかったか?」

「は、はい……」

徐々に快感の余韻が引いていくと、淫らに喘いでしまった自分が恥ずかしくなり、顔をうつむけてしまう。

オリヴィエがひょいとフォスティーヌを横抱きにし、立ち上がった。

「今宵は、もう休もうか」

「はい」

壊れ物のように運ばれそっとベッドに寝かされると、くたっと全身が寛《くつろ》いでしまう。

精根尽き果ててしまい、瞼がとろんとして、オリヴィエより先に寝てしまいそうだ。

いけない、自分の役目をまっとうせねば、と目をこしこし擦っていると、あとからベッドに上がってきたオリヴィエが、顔を覗《のぞ》き込《こ》んで、優しく言う。

「無理をせず、寝てしまいなさい」

「いえ、いけません。私の仕事は、オリヴィエ様の添い寝なのですから。オリヴィエ様が安らかにお休みになるのを見届けてからでないと……」

大きな手の平が、そっと目を覆ってきた。

「いいから、お休み──あなたが心安らかなことも、私の安眠の薬になるのだよ」

「そんな……だめ」

でも、目の前が暗くなると、意識がすうっと暗闇に落ちていく。

「あ、オリヴィエ様……もう、眠い……」

途切れ途切れにつぶやくと、ふっとため息で笑う声がした。

「お眠り、可愛いフォスティーヌ。あなたの寝顔を見れば、私も眠くなるよ」

「そん……な……ん……」

その晩、添い寝係になって初めて、オリヴィエより先に眠ってしまった。

深夜、一瞬だけ目が覚めた。

とくんとくんと、規則正しい鼓動の音で目が覚めたのだ。

はっとして顔を上げると、オリヴィエの胸にかき抱かれるようにして眠っていたのだ。

オリヴィエはフォスティーヌの髪に顔を埋めて、こんこんと眠っていた。

「オリヴィエ様……」

小声で呼んでみたが、彼は目覚めない。

フォスティーヌはほっとする。

そして、気だるい眠りの中に再び落ちようとして、こんなに満ち足りで幸せな気持ちを感じるのは、まだ両親が健在だった子どもの時以来だ、と思う。

オリヴィエが好きだ。

と、夢うつつの中でつぶやく。

恋しくて愛しくて、たまらない。

でも、これは仕事。

こんなにも近くに寄り添っているのに、彼の心は遠い。

それでいいのだ。

没落貴族の娘が、これ以上何をあさましく求めるというのだろう。

愛する人の望むものを与えることができるのなら、それで十分だ。

だから――。
このせつない気持ちは一生胸の奥底に閉じ込めておこう。

オリヴィエの誕生日祝いの舞踏会に出るため、フォスティーヌは懸命に社交界のしきたりを勉強し、高級貴族の令嬢らしい言葉遣いや仕草も学んだ。

すべてはオリヴィエのため、彼に恥をかかせないためにと、必死で取り組んだのだ。

だが、オリヴィエが付けたダンスの教師はどういうわけか女性で、男女でペアを組んで踊るダンスの練習には、いまいち違和感が拭《ぬぐ》えなかった。

なかなかきちんとダンスが覚えられない。

オリヴィエの誕生日はどんどん迫ってくる。

（どうしよう……もし私が誰かとダンスを踊ることになったら、衆人環視の中で恥をかいてしまうかもしれない……私の恥は、オリヴィエ様の恥になるわ）

フォスティーヌは焦燥感に駆られた。

昼間、暇を見繕っては中庭の奥で、ひとりでこっそりとダンスのステップの練習に勤《いそ》しんだ。

その日も、噴水の横の小さな広場で、一人で足さばきを練習していた。

「おや、またお会いしましたね」

ふいに声をかけられ、振り返ると、そこにライナー公爵が佇んでいた。

「あっ？　ライナー公爵様？　あの、もしかしたら、また道に迷われて……？」

フォスティーヌが目を見開くと、ライナー公爵がふふっと笑う。

「いや、今日はあなたに会いに参ったのだよ」

「でも、もう崩れた塀は修理されてしまったはずです。どうやって、ここへ？」

ライナー公爵の目が眇められる。

「これでも私は、かつては貴族議会の議長も務めたことのある男でね。まあ、邪の道は蛇というか、少しばかり権力と金を使わせていただいた」

その表情に枯れてはいない強い意志のようなものを感じて、フォスティーヌは気圧《けお》されて口をつぐむ。

「……」

「心配することはない。あの日親切にしてくれたお礼を、言いたかっただけなのだよ」

フォスティーヌはほっとする。

「そうでしたか」

「──ところで、ずいぶんと熱心にダンスの練習をしていたようだね」

「あ、恥ずかしいところを──実は私、ダンスをやりつけていなくて、うまく踊れないんです」

「ワルツのステップだね」

「はい」

「それでは、男性パートナーの相手がいないとやりにくいだろう。どれ、私に少しお相手をさせてくれるかね」

ライナー公爵が腕を差し出した。

「いえ、そんな……」

「お礼だよ、これでも私は若い頃はダンスの名人として、社交界の淑女の憧れの的だったのだよ」

ライナー公爵のおどけた物言いに、フォスティーヌは気持ちが和《なご》み、言われるままに彼に手を差し出した。

ライナー公爵の片手が、そっとフォスティーヌの腰に回される。

「うん、では一、二、三のリズムで」

ライナー公爵がステップを踏み始め、フォスティーヌはぎこちなく彼の動きに従う。

「一、二、三、一、二、三、そうそう、上手だよ、そう、いいね」

ライナー公爵に褒められて、フォスティーヌはこそばゆくて頬を染めた。

やはり相手が男子のステップを心得ていると、ずっと踊りやすい。

懸命に足を運びながら、ぼんやりと相手がオリヴィエだったら、どんな気持ちだろうと、考えていた。

「そこで、何をしている!?」

突然、鋭い声が投げられ、二人ははっと足を止めた。

「そなたは何者だ？　フォスティーヌと何をしているのだ？」

小径の先に、オリヴィエが立っていた。午前の勤務用の礼装のままだ。

その端整な顔が心なしか蒼白《そうはく》になっている。

「これは、陛下。失礼しました」

ライナー公爵は、さっとフォスティーヌの手を離し、その場で低く頭を下げた。

オリヴィエが足音を立てて近づいてきた。

「曲者か？」

彼の声は不穏な響きがあった。

フォスティーヌは慌ててライナー公爵の前に立ちふさがる。

「オリヴィエ様、この方はライナー公爵様と申しまして、一度、こちらに迷い込まれてしまったところを、私がご案内しただけで……」

「ライナー公爵？」

オリヴィエが片眉をかすかに上げる。

「お名前は存じあげている。父上の代の、貴族議会の議長を長年務めたお方だな？」

ライナー公爵は、ますます頭を低くした。

「は、お見知り置きとは、感謝します。この老人、いささか頭がボケておりまして、ご令嬢に親切にお世話になったのでございます」

オリヴィエの表情は険しいままだ。

「ここは禁忌《きんき》の場所である。勝手に入り込むことは許さぬ。そなたは身分の高い高齢のお方だが、容赦無く逮捕する」

厳しい言葉に、ライナー公爵は一言もない。

「オリヴィエ様、オリヴィエ様。公爵様は悪意があったのではないのです。どうか、乱暴なことはなさらないで。どうか」

フォスティーヌは必死で訴えた。

オリヴィエが冷ややかな目でライナー公爵を睨んだ。

「今、警護兵を呼ぶ。ここで待機せよ。その者に従ってここを退去せよ。一度だけ逮捕は見逃すが、二度とここへ立ち入ることは許さぬ」

「は――誠に申し訳ございません」

やにわに、オリヴィエはフォスティーヌの腕を掴んだ。

「あなたはもう、部屋に戻るのだ、おいで」

ぐいぐいと腕を引かれ、フォスティーヌは引《ひ》き擦《ず》られるようにその場を後にした。

肩越しに振り返ると、ライナー公爵はわずかに顔を上げ、複雑な表情でこちらを見ていた。

せっかくのライナー公爵の親切心を踏みにじるようなことになり、フォスティーヌは胸が痛んだ。

オリヴィエに何か言いたかったが、彼の背中にはそれができないような圧があった。

オリヴィエは部屋に入るまで、無言でいた。

彼は、居間のソファにフォスティーヌを突き倒すように座らせる。

「まったく、あなたは、なんて無防備で――」

こんなに怒っているオリヴィエを初めて見た。

彼は側のテーブルに片手を置き、背中を向けて怒りを鎮《しず》めようとしているようだ。

「オ、オリヴィエ様……？」

おずおずと声をかけると、オリヴィエが低い声を出した。

「男と、踊るなどと……」

フォスティーヌは目を丸くする。

「ご老人ですよ。ダンスの練習をしてくださっていただけです」

「だが、男だ。こんな気持ちになるのを避けたくて、あえてあなたのダンス教師を女性に任命したのに――」

「え？」

フォスティーヌはぽかんとしてしまう。

背中を向けているオリヴィエの耳朶が、ほんのり赤く染まっている。

「オリヴィエ様、どういう……」

さっとオリヴィエが振り向く。

「あなたは私だけの添い寝係だ。他の男が触れるなど、もってのほかだ、許さない」

こんな拗《す》ねているような表情を、初めて見た。

すこし子どもっぽくて、妙に愛らしく感じるのは不敬だろうか。

「そんな、勝手なことを――ライナー公爵に失礼です。あの方にも私にも、やましい気持ちなど、少しもありませんのに」

フォスティーヌが少し強い口調で言うと、オリヴィエはますます美麗な顔を顰《しか》める。

「わかっている――だが、我慢ならん」

彼が大股で近づいてきた。

オリヴィエはどすんと、フォスティーヌの横に腰を下ろした。

「この手に、別に男が触れたなどと」

オリヴィエがフォスティーヌの右手を掴み、手の甲に唇を押し付ける。

その艶《なま》めかしい感触に、背中がじりっと甘く痺れる。

片手が背中に回される。

「この腰を、別の男が抱いたなどと」

ぐっと引きつけられ、掻《か》き抱《いだ》かれる。

強い力で広い胸に顔を押し付けられ、息ができない。

「く、苦しい……です」

思わず身を捩って逃れようとすると、逃さないとばかりにさらに強く抱きしめられた。

オリヴィエの心臓がどくどくと早鐘を打っている。

どうして彼がこんなに興奮しているのか、わからない。

と、やにわに、両肩を掴まれでソファに仰向けに押し倒された。

「あっ……」

乱暴にスカートを捲り上げられ、下穿きを引き摺り下された。靴も靴下留めも靴下も脱がされ、裸足《はだし》になってしまう。

　下腹部が外気に晒されて、さっと鳥肌が立つ。

「いや、オリヴィエ様、何を……」

　両手で下腹部を覆い隠そうとすると、両手首を掴まれ、頭の上でひとまとめにされて押さえつけられてしまう。

「あなたが、私だけのものだと、わからせてやる」

　オリヴィエの声が妖しく掠れている。

　フォスティーヌは恐怖を感じて、身を竦ませる。

「待ってください、まだ、夜ではありません……私のお勤めは夜に……」

　うろたえて抗議したが、オリヴィエは片手で閉じ合わせていたフォスティーヌの両足を、やすやすと開かせてしまう。

「やあっ、だめですっ」

　昼間の明るさの中に、秘所が露わになって、フォスティーヌは羞恥でくらくらと目眩がした。

「人は昼でも寝るだろう？　あなたの仕事に、時間は関係ないはずだ」

　オリヴィエはフォスティーヌの右足首を掴んで持ち上げた。はしたなく股間が開き、花弁が綻んで外気が入り込む感じがし、腰がぶるりと震える。

オリヴィエがかすかに息を乱す。

「慎ましい割れ目が丸見えだ」

「やあ……っ」

かあっと頬が熱くなり、ぎゅっと目を閉じてしまう。

股間に痛いほど、オリヴィエの視線を感じた。

それだけで、なぜかじんじんと媚肉が疼いてくる。

「見られて嬉しいのか？　花弁がひくひくしている。小さな赤い蕾もつんと尖ってきた」

「やめて、そんなこと、言わないで……恥ずかしいっ……も、もう足を閉じさせて……」

「いや、だめだ」

ふいにオリヴィエは、掴んでいた右足の指を口に含んだ。

「ひゃっ……」

驚きと擽《くすぐ》ったさで、変な声が漏れてしまう。

オリヴィエは口腔の中で、足指の間にねろねろと舌を這わせてきた。

「あ、あ、やめて……擽ったいです……ぁ、それに、汚いです……」

フォスティーヌはソファの上で身を捩って逃れようとした。

だが、両手首を押さえ込んだオリヴィエの手に、さらに力が籠もり、身動きできない。

オリヴィエはねっとりと足指の間を舐め回し、そのまま足裏まで舌を這わしてくる。

「あ、や、あ、ぁ、あ」

擽ったさの中に卑猥な刺激が混じってきて、フォスティーヌはびくびくと内腿を慄《おのの》かせた。

信じられない行為をされているのに、なぜ身体が熱く昂ぶってくるのだろう。

「可愛い足指だ。あなたの身体は、どこもかしこもなんて繊細で可愛らしくできているのだろうね」

足指と足裏を舐め尽したオリヴィエは、そのまま甲からふくらはぎに舌を這わしていく。

「あ、あ、やめて、ください……」

「甘いね――あなたの肌は、ほんとうに味わい深い」

ふくらはぎから膝裏、そして内腿へと、じりじりと舌先が近づいてくる。

オリヴィエが身を屈め、股間に顔を潜り込ませてくる。

「っ……」

内腿の柔らかい部分を舐め回され、時折強く吸い上げられる。秘められた部分にオリヴィエの熱い息がかかり、それだけでじわりと下腹部の奥が疼いた。

「んっ……ん、んん……」

明らかに性的な意図を持った行為に、フォスティーヌはどうしていいかわからない。

ただ息を殺して、恥ずかしく艶かしい声を上げないようにと、歯を食いしばる。

「なんだか、いやらしい甘酸っぱい匂いがしてきた。男を誘う妖しい香りだ——濡れてきたか？」

オリヴィエがくぐもった声を出す。

「えっ？　やだ、ち、ちがいます……っ」

顔を真っ赤にして両手で覆ってしまう。

「違わないだろう、花弁がすっかり綻んで——そら」

すっとオリヴィエの指先が、割れ目を撫でた。

「っあっ……」

ぬるっと滑る感触がし、触れたところが火がついたみたいに熱くなった。

「少し触れただけで、とろとろ蜜が溢れてくる」

オリヴィエの指が、くちゅくちゅと蜜口の浅瀬を掻き回した。

「んぁ、あ、や……ぁ、あぁ……」

痺れる甘い疼きが繰り返し襲ってきて、フォスティーヌは、はしたない声を抑えることが困難になってくる。

「ああどんどん溢れてくる。可愛いね、素直な可愛い身体だ」

と、ふいになにかぬるついた柔らかなものが、尖った秘玉に触れてきた。

「んんっ……！」

あまりに甘美な刺激に、フォスティーヌはびくんと腰を浮かせてしまう。

オリヴィエが舌先で陰部を辿《たど》ってきたのだ。

フォスティーヌは何をされているのか気がつき、悲鳴をあげてじたばたとした。

「ああだめっ、だめです、そんなところ、舐めるなんて……いやっ、汚い……っ」

オリヴィエがフォスティーヌの股間からわずかに顔を上げ、からかうような声で言う。

「言ったろう？　あなたの身体はどこもかしこも甘いと。あなたの漏らす甘露は、この上なく甘くて美味だ」

オリヴィエは舌先で円を描くようにして、膨れた秘玉を舐め回してきた。

その繊細な動きは、指で触れられるよりも数倍心地よい快感を生み出し、フォスティーヌは仰け反って嬌声を上げてしまう。

「は、あぁ、あ、だめ……あぁ、あ、こんな……あ、はぁ、ぁあ……」

膣襞が疼き上がって、猥りがましい蠕動《ぜんどう》を始める。

自分の内側から、どんどん淫らな蜜が溢れてくるのがわかる。

すると、オリヴィエがわざとらしくじゅるじゅるといやらしい音を立てて、愛蜜を啜《すす》り上げてきた。

「んっ、んんぅ……あぁ、はぁ……ぁ」

恥ずかしくて死にたいくらいの気持ちと裏腹に、強い刺激を受けた陰核は弾けそうなくらいに膨れ上がり、ひっきりなしに痺れる快感を下腹部に送り込んでくる。

「気持ちよいのだね――あなたの身体は正直だ。可愛いね、もっとよくしてあげたくなる」

オリヴィエが感じ入った声を出し、膨れた秘玉全体を口腔に含み、強く吸い上げたり、舌先でころころ転がしたりしてきた。

「あぁ、あ、あぁ、だめ……あぁ、だめぇ……あ、はぁ……ぁ」

目の前に快感の火花がちかちか弾け、耐えきれない悦楽に、目尻から涙が零《こぼ》れ落《お》ちる。

繰り返し短い絶頂を極めてしまう。

もうやめてほしいのに、腰は淫らにくねって、もっとしてほしいとばかりに前に突き出してしまう。

そして、官能の塊のようなそこばかりを刺激されると、濡れ果てた媚肉がせつないほど飢えて、満たしてほしくてきゅうきゅう窄《すぼ》まる。

それがあまりに辛くて、どうにかしてほしくなる。

いつものように、指で中を擦ってほしい。

「はぁ、あ、だめ、もう、もう、達ったから……あぁ、もう、許して……っ」

いやいやと首を振り、くるおしく喘いだ。

もう達かせてほしい、達きたい。

追い詰められ、とうとう、恥ずかしい言葉を口にしてしまう。

「あ、あぁ、オリヴィエ様、中、指を……お願い、挿入《い》れて……触れて……」

するとオリヴィエは、秘玉を執拗に舐めしゃぶりつつ、せめぎ合う媚肉の狭間に、二本の指を揃えてぬぷりと押し入れてきた。

「はあっ、あ、あぁあっ」

飢えきった濡れ襞が、嬉しげにオリヴィエの指を喰む。

蜜壺の中を指が突《つ》つき回ると、甘い痺れと快感が爪先まで走る。

「ふ、はぁ、は、はぁ、あぁ、あぁあ」

いつもなら、秘玉の刺激から熟れた隘路を指で擽られるだけで、すぐに達してしまう。

なのに、こんなにも心地よいのに、なにか物足りない気がする。

指での突き上げも気持ちいいのだが、もっと奥、子宮口まで、圧倒的な質量のもので突き上げてほしくなる。

めちゃくちゃに掻き回してほしい——。

「んぁ、あ、や……あぁ、あ、どうして……あぁ、ん」

一線は越えないと、自分で言い出しておいて、オリヴィエもそれをぎりぎり守ってくれているのに、もっと猥りがましい行為を求めてしまう。

なんて浅ましい身体になってしまったのだろうか。

「はぁ、あ、オリヴィエ様、あ、あぁ、私……」

オリヴィエの指が挿入されるタイミングに合わせて、自然に腰を突き上げてしまう。

その物欲しげな動きに、オリヴィエは舌の動きを止め、誘うような悩ましい声を出す。

「もっと、欲しいか？　私が――？」

ぞくんと背中が痺れる。

けれど、とても本当の気持ちを口にできるはずもなく――。

顔を羞恥で真っ赤に染め、いやいやと首を振った。

オリヴィエがかすかにため息をつく。

「そうか――もう少し時間がかかるか」

直後、再び秘玉を咥え込まれ、同時に指の抜き差しが加速された。

「はあっ、あ、はぁ、あぁぁっ」

フォスティーヌは背中を仰け反らせて、甲高い嬌声を上げた。

ぐちゅぐちゅと卑猥な水音が大きくなり、フォスティーヌは一気に絶頂に押し上げられた。

「あ、あ、あ、あぁ、あ、達く……っ……っ」

びくびくと、身体が陸に打ち上げられた魚のように跳ねた。

だが、オリヴィエはまだ解放してくれず、絶頂を極めて鋭敏になった秘玉をあやすようにぬるぬると舐め回す。

「んぅ……はぁ、は……んん……」

絶頂を越えてしまい、息が詰まったまましばらくは何も感じられず、ただびくびくと腰を痙攣させていた。

ゆっくりとオリヴィエの指が抜け出ていく。

「あ……ん」

その喪失感にすら、甘く感じ入って、媚肉は名残惜しげに収斂を繰り返した。

オリヴィエが口元を淫らに濡らしたまま、ゆっくりと半身を起こす。

「よかったろう？　それでいい」

彼はまだ身体に力の入らないオリヴィエの衣服を整え、乱れた金髪をそっと撫《な》で付けてくれた。

その手の優しさに、胸が締め付けられるほど嬉しい。

だが、フォスティーヌは自分ばかりが気持ちよくなってしまったことにやっと思い至り、気だるい身体をのろのろと起こそうとした。

「オリヴィエ様……私も……」

するとオリヴィエは、穏やかにフォスティーヌの身体をソファに押し戻す。

「いや──私が激情に駆られて、あなたをこんなにしてしまった──本当は昼餐に誘おうと思っていたのだが、少し休んでいなさい」

オリヴィエがおもむろに立ち上がった。彼はまっすぐ戸口に向かう。

フォスティーヌは、奉仕できなかったことが心苦しくてならない。

「でも……」

と、背後から声をかけると、オリヴィエが振り返り、艶めいた笑みを浮かべた。

「夜の時間を楽しみにしている」

官能的な表情に、心臓がドキドキした。

「っ……は、はいっ」

真っ赤になって答えると、オリヴィエは普段の冷静な顔つきに戻り、そのまま部屋を出て行った。

「……」

フォスティーヌはまだ快感の余韻にたゆたいながら、ぼんやり思う。

日毎に、自分の肉体がオリヴィエ色に染まっていく。

彼の舌や指で、官能の深い悦びを教え込まれ、もはや無垢な自分を思い出せないほどだ。

オリヴィエが望むから拒めないが、このままでいいのだろうか、と一抹の不安もある。

だって、自分はただの添い寝係だ。

オリヴィエに安らかな眠りを与えるためだけにここにいるのに、あまりに彼が優しいので、ふと勘違いしてしまいそうになる。

もしかして、オリヴィエも少しは自分のことを好ましく思ってくれているのでは――。

「だめだめ、フォスティーヌ、いい気になってはだめ」

フォスティーヌは首をぶんぶん振って、甘い期待を打ち消した。


執務室への廊下を大股で進みながら、オリヴィエは深いため息をついた。

自分はどうかしている。

昼餐にフォスティーヌを誘おうと、中庭へ赴いた。

見知らぬ男性と身を寄せ合って踊っているフォスティーヌの姿を見て、一瞬頭の中にかあっと熱い炎が燃え上がった。

思わず腰に下げたサーベルを抜きかけたほどだ。

常に平常心を心がけていたおかげで、ぎりぎり、無謀な行動を抑えることができた。

だが、怒りを完全に押し隠すことはできなかった。

相手が身分の高い老人であり、フォスティーヌには邪心がまったくないことがわかり、いくらかは感情を鎮められたが、それでもその場に彼女を置いていくことはできなかった。

引き剥《は》がすようにその場から連れ去ったが、フォスティーヌがまったくこちらの気持ちを理解できないようでうろたえているのに、苛立ちを抑えきれない。

昂ぶる気持ちのままに、彼女の身体をほしいままにしてしまった。

感じ入り、官能の悦びに咽《むせ》び泣くフォスティーヌの姿に、大いに自尊心が満たされた。が、一方的にフォスティーヌを快楽に落とし、ねじ伏せるようなやり方しかできない自分に焦燥感は募る。

オリヴィエはずっとフォスティーヌのような女性を探し求め、欲していた。

自分を心安らかにし、互いに心を打ち明け合って会話ができ、深い眠りで満たしてくれる女性。

その女性に出会ったら、ずっと手元に置いて大事にしよう、優しくしよう、そう思っていた。

やっとフォスティーヌを手に入れたことで、一時は高揚感に満たされていたが、やがて、自分の気持ちだけが先行していることに思い至る。

無垢でひたむきなフォスティーヌ。

誠実に自分の職務を果たそうとする健気な姿に、胸が痛む。

そして、ふいにオリヴィエは、先ほどの全身が毒されるような熱い感情が、嫉妬であると悟った。

そんな感情を持ったことは、生まれてから一度もなかった。

だから、気がつかなかった。

――フォスティーヌを愛していると。

きっと、初めて会った時から愛していたのだ。

オリヴィエはその場でふと、立ち止まり、全身に満ちていく甘く危険な感情を味わった。

もはや手放せないどころではない。

永遠に自分のそばにいてほしい。

そのために――。

オリヴィエはどんなことでもしようと決意する。

オリヴィエの誕生日が、いよいよ明日に迫った。

若くして賢帝の名をほしいままにしているオリヴィエは、国中の民に敬愛されており、彼の誕生日は、各地方でもお祝いの行事が催され、建国以来の大掛かりで豪華な誕生日になるという。

この日のために、フォスティーヌは懸命に社交界のしきたりを勉強し、上級貴族の令嬢らしい言葉遣いや仕草も学んだ。

すべてはオリヴィエのため、彼に恥をかかせないためにと、必死で取り組んだのだ。

自分でデザインした特注のドレスも、希望以上の出来で仕上がってきた。初めは戸惑いと緊張を隠しきれなかったフォスティーヌだが、誕生日が近づくにつれ、期待に心が踊るような気がしてきた。

皇城での大きな催し物に参加するのは、少女の時以来だ。

ずっと田舎暮らしで華やかな行事とは無縁で生きてきたフォスティーヌは、恋するオリヴィエの誕生日祝いに参加できる喜びに胸を膨らませた。

当日。

オリヴィエは早朝からベッドを抜け、神殿での禊《みそぎ》や海外からの賓客たちの出迎えに忙殺されていた。

その間、フォスティーヌは侍女たちの手を借りて、身繕いを済ませた。

今までしなかった化粧も、今日は少しだけ施《ほどこ》してもらい、なんだか大人の淑女になった気分だ。

午後から、皇城の大広間で、国中の貴族や著名な人々を招いてオリヴィエの挨拶が行われると聞いていたので、フォスティーヌは自分はその末席を汚すことになるのだろうと思っていた。

部屋で待機していると、オリヴィエの秘書官ジョルジェが正装姿でやってきた。

「フォスティーヌ様、お迎えに上がりました」

「まあ、わざわざ……申し訳ありません」

ジョルジェに手を引かれ、廊下を進んでいく。

「今日は良いお日和で、本当に素晴らしいお式になりそうですね」

フォスティーヌが声をかけると、ジョルジェが顔を綻ばせた。

「ええ、陛下もいつになくお気持ちが浮き立っておられるようです」

本城へ続く回廊を抜け、大広間に入る裏扉に出た。

「こちらから、お入りください。玉座の一番近い席を、フォスティーヌ様に空けております。

広間付きの侍従が、席までご案内しますので」

フォスティーヌは目を丸くする。

「え？　そんな……身分から言っても、私は末席で――」

皆まで言わせず、ジュルジェが事務的な声を出す。

「陛下のご命令でございます」

「――はい」

仕方なく、開いた裏扉から待機していた侍従に導かれ、中に入る。

大広間には、奥の階の上の玉座を囲むようにして、ぎっしりと椅子が並べられ、すでに大方の招待客は着席していた。

中央が通路になり、大きく開けられている。

「こちらでございます」

侍従はまっすぐ通路を進み、前に向かう。

直後、招待客たちが一斉にこちらを見た。

フォスティーヌはその注目の視線に気圧されて、心臓が縮み上がった。

逃げ戻りたい、と一瞬思う。

けれど、オリヴィエに恥をかかせることだけはできない。

深く息を吐き、ぐっと胸を張った。

そして、震えそうになる足に力を込め、一歩一歩前に進んで行った。

招待客たちから、ほおっという驚いたような声が上がる。

フォスティーヌはそれが自分のドレスのせいだと感じる。

居並ぶ令嬢たちは皆、最新流行のドレスに身を包んでいた。

フリルとレースをふんだんに使った暖色系の乙女チックなドレスばかりだ。髪型も鏝《こて》を使って丹念に作った巻き髪が主流だ。

かたや、フォスティーヌは。

自分の体型に一番似合うと思ったドレスを作った。

袖無しで襟ぐりを深くし、白い豊かな胸を美しく見せ、ドレープをいくつも作った流れるようなラインの真っ白なドレスだ。装飾めいたものは、細いウエストに真っ赤な繻子《しゅす》のサッシュを締めただけで、古代神話の女神を彷彿《ほうふつ》させる。実にシンプルなスタイルだ。

髪型も、ふさふさした金髪を背中に梳《す》き流し、サイドだけ頭の上に纏めた。

どうせ目立たない席だろうとタカを括《くく》っていたのに、まさか最前列に座ることになるとは。

緊張で心臓が破裂しそうだ。

最前列の席には、豪華なドレスに身を包んだギヨーム嬢と父である枢機卿も座っていた。

それよりも前、さらに玉座に近い席に案内された。

そっと腰を下ろすと、隣のギヨーム嬢が射るような鋭い視線を投げつけてくる。

フォスティーヌは目を合わせないようにして、ひたすら玉座の方だけを見るようにした。

程なく、勇壮なラッパの音が鳴り渡り、呼び出し係が朗々とした声を上げる。

「オリヴィエ・レオパルド七世陛下の御成りです！」

全員が一斉に立ち上がり、深々と頭を下げる。フォスティーヌもそれにならう。

厳粛な国家の吹奏曲が演奏される中、オリヴィエが悠々と登場する。

彼が玉座に着く気配がし、深みのあるコントラバスの声が響く。

「皆の者、着席せよ」

招待客たちが席に着く。

フォスティーヌも座りながら、そっとオリヴィエの方を見遣《みや》った。

息を呑《の》むほどに堂々として美麗なオリヴィエがそこにいる。

王冠を被った姿は初めて見た。

国色である深みのある青い礼装に身を包み、同色のマントを纏い、腰には金のサーベルを下げ、今まで一番颯爽としている。

一瞬、彼と視線が絡んだ気がして、フォスティーヌは慌てて顔を下げた。

まだ脈動が速まったままだ。

こんなにも威厳と気品に満ちた皇帝陛下と、毎晩寄り添って寝ているというだけで、恐れ多いが至上の喜びだ、と思う。

「私が若輩ながらもこの国を守り盛り立ててこれたのは、ひとえに本日参列の皆および、国中の民たちの力があってこそだ。私はこれからも、ますますのグレゴワール皇国の発展に、努力を惜しまぬことを誓う」

朗々として張りのある声が、大広間の隅々まで響き渡った。

淀《よど》みなく迷いのない爽やかな口調に秘められた、オリヴィエの並々ならぬ決意を感じ、フォスティーヌは畏敬の念を抑えられない。そして、大国を背負った若き皇帝陛下を、微力ながらも支えたいと心から思った。

一同国歌斉唱の後は、それぞれに金色のシャンパンが注がれた繊細なグラスが配られ、乾杯の音頭役のギヨーム枢機卿が立ち上がる。

「では、陛下のご健勝と我が国の繁栄を祈り——そして」

ギヨーム枢機卿はちらりと隣の娘のギヨーム嬢を意味ありげに見遣り、付け足す。

「そろそろ後継の件もご考慮願えれば、ますますこの国は安泰と存じます——では、乾杯！」

オリヴィエがかすかに眉を顰《ひそ》めたような気がしたが、乾杯はつつがなく終了した。

後は全員が次の間の舞踏会場に移動し、無礼講でのダンスが催されることになっていた。

そのさい、皇帝は招待客の中から未婚の淑女をダンスの相手に選び、最初のワルツを披露するのが習わしになっている。

階の下で待機していた秘書官のジョルジェが、恭しく頭を下げ、オリヴィエに告げた。

「では、陛下、ダンスのお相手を――」

「うむ」

オリヴィエがすっと玉座から立ち上がる。

その瞬間、大広間中の妙齢の令嬢が息を詰める気配がした。

フォスティーヌはただ、階を下りてくるオリヴィエの晴れやかな姿に見惚れていた。

オリヴィエはまっすぐこちらに向かってきた。

隣で、ギヨーム嬢が誇らしげに胸を張って顎を引く。

オリヴィエは目の前で立ち止まり、優雅に右手を差し出した。

フォスティーヌの方へ。

「マドモアゼル、どうか一曲お相手願います」

「⁉」

まさか自分が最初に誘われるとは思ってもいなかった。フォスティーヌは呆然とする。

ざわっと周囲の空気が動く。

ギヨーム枢機卿が顔色を変え、思わずなにか言いたげに口を開いたが、不敬だと気がついたのか、そのまま声を呑《の》み込んだ。

隣のギヨーム嬢が、みるみる青ざめるのがわかった。

「わ、たし……ですか？」

思わず聞き返したが、オリヴィエは平然と手を差し伸べて待っている。

フォスティーヌはおずおずと、自分の右手をそこに預けた。

ふわりと立ち上がらされ、オリヴィエはスマートな仕草でフォスティーヌを奥の舞踏会場へ導いていく。

その場の全員の注目が、フォスティーヌに集まった。

驚嘆、嫉妬、好奇、様々な視線が全身に突き刺さり、フォスティーヌは足が震えてくる。

「胸を張って、前を見るんだ」

オリヴィエがフォスティーヌにだけ聞こえる声でささやいた。

「あなたはこの場の誰よりも美しく輝いている。何も臆《おく》することはない」

包み込むような優しい口調に、萎縮していた気持ちが柔らかく解けてくる。

そうだ。没落令嬢といえど、元はれっきとした伯爵家の娘なのだ。

ド・ブロイ家の名誉と誇りにかけて、しっかりとオリヴィエのダンスの相手を勤め上げよう。

一番に入場した舞踏会場は、高い天井から眩しいクリスタルのシャンデリアが幾つも下がり、一面磨き上げられた鏡張り、大理石のフロアもぴかぴかに光っている。

隅に待機していた皇家専用の楽団が、すかさず優雅なワルツ曲を奏で始めた。

オリヴィエとフォスティーヌは向かい合い一礼し、手を取り合った。

オリヴィエは流麗な動作で、おもむろにステップを踏み出し、フォスティーヌをリードした。

彼の動きは淀みなく正確で、フォスティーヌはただ彼のリードに身を任せているだけでよかった。

二人がフロアを滑るように踊り出すと、ぞろぞろと大広間の招待客たちが移動してきて、壁際に陣取った。

フロアの中央を踊る二人を、全員が注視している。

フォスティーヌはまだ夢を見ているような気がした。

初めこそ緊張していたが、次第に目の前のオリヴィエの姿しか目に入らなくなり、彼の腕の中でダンスをする純粋な喜びだけが全身を満たしてくる。

「ああ……オリヴィエ様、舞踏会で殿方とダンスをするのが、私の夢でした――」

うっとりした顔で見上げると、オリヴィエが柔和に微笑む。

「そうか——では、これからも私のそばにいるがいい。あなたの夢を、いくらでもかなえてやろう」

フォスティーヌは幸せで、目眩がしそうになる。だが、うぬぼれてはいけない、と自分に言い聞かす。

「いいえ、もう十分過ぎるほどです。私はこれからも、オリヴィエ様に安らかな眠りを捧げるために、誠意努力いたします」

「あなたのその、生真面目なところも好ましい」

オリヴィエがふふっと白い歯を見せて笑い、くるくるとフォスティーヌを回した。

フォスティーヌの真っ白なドレスのドレープが優雅に広がり、周囲の人々からわあっという感嘆の声が上がった。

次第に皆の表情に感銘の色が濃くなっていく。

生まれて初めて、人々の賛美の眼差しの中で踊る陶酔感に、フォスティーヌは夢見心地だった。

それは長いようで、あっという間の時間だった。

曲が終わり、二人は足を止め、優雅にお辞儀をし合う。

大広間に、万雷の拍手が湧いた。

フォスティーヌは紅潮した顔でオリヴィエを見上げ、彼もまた感動の面持ちで見返してくる。

この後は、無礼講で招待客たちが自由にダンスを楽しむ時間になるはずだった。

その時だ。

「陛下、おめでたい席ですが、不敬を承知であえてご忠告いたしたい」

ギヨーム枢機卿のがらがらした声が、舞踏会場に響いた。

オリヴィエは顔を顰めて、ギヨーム枢機卿の方を見遣った。

「今、ここで必要な発言であるか？」

ギヨーム枢機卿は、老獪《ろうかい》な表情になる。

「陛下のおためを思う一心です。そこのご令嬢の身上についてでございます」

フォスティーヌは背中にひやりとしたものが走った。

ギヨーム枢機卿は、じろりとフォスティーヌを睨む。

「私が手を尽くして調査しましたところ、彼女は、アルノー子爵家の令嬢を名乗っておりますが、それは養女という扱いだからです。彼女の本当の出自は——」

フォスティーヌは一瞬で全身の血の気が引いた。

ギヨーム枢機卿は、顔色を変えたフォスティーヌに勝ち誇るように言い放った。

「ド・ブロイ伯爵家の一人娘。かつて、彼女の祖父のド・ブロイ伯爵は、皇帝家への反逆罪で、獄中死しておりまする」

ざわざわっと、その場にいた人々の間に動揺が走る。

フォスティーヌは目の前が真っ暗になり、足元の磨き上げられたフロアが、ずぶずぶと地の底に沈み込むような絶望感に襲われた。

オリヴィエは表情を動かさない。

ギヨーム枢機卿は、さらに言い募る。

「そのような家の娘が、陛下に近づいてくるとは、なにやらよからぬ企《たくら》みがあるとしか思えませぬ。即刻、その娘を首都から追放なさるが陛下のおためです」

オリヴィエが静かな声を出した。

「なにが自分にとって良いか悪いかは、私が決めることだ」

ギヨーム枢機卿の太い眉がぴくりと持ち上がる。

「陛下、確かにその娘は若く綺麗ですが、ここは冷静にお考えください」

「私はいたって冷静だ」

「陛下！」

「それ以上は、不敬であるぞ！」

次第に二人の間の空気が不穏なものになっていく。

「やめて……おやめください！　ここは陛下の祝賀《しゆくが》の場です！」

フォスティーヌは悲鳴のように声を張り上げた。

オリヴィエとギヨーム枢機卿が、はっと口を閉ざす。

もはや一刻もこの場にいたくない。

オリヴィエの大事な誕生日の祝いを、台無しにしてしまった。

「陛下、私はこれで失礼いたします。どうぞ、式典をおすすめください」

声を振り絞り深々と一礼すると、くるりと踵を返し、舞踏会場を後にした。

「フォスティーヌ――」

扉から飛び出す寸前、オリヴィエが呼びかけてきたが、振り返らなかった。

背後で、ギヨーム嬢がけたたましく笑う声が響いた。

「ぬけぬけと、恐ろしいご令嬢だこと！」

フォスティーヌは夢中で廊下を走った。

頭の中は、絶望と悲しみと後悔でぐちゃぐちゃだった。

身の上がバレてしまった。

オリヴィエに本当のことを話さなかったのは、自分の保身だ。

ゆくりなくも添い寝係に選ばれて、あまりの幸福感にオリヴィエから離れたくなかった。

没落した田舎の子爵の娘でありたかった。

でも、心のどこかに、常にオリヴィエに対しての後ろめたさがあった。

もちろん、フォスティーヌ自身は祖父の無実を心から信じていたが、今はまだそれを証明するすべは持ち合わせてない。

そう、ギヨーム嬢の言う通り、ぬけぬけとオリヴィエの好意に甘え、彼のそばに仕えていた。

「うう……」

走りながら、涙がぽろぽろ零《こぼ》れた。

「お待ちなさい、ご令嬢」

ふいに、聞き覚えのある声に呼び止められ、フォスティーヌはわずかに歩調を緩めた。

背後から、ライナー公爵が追いかけてくる。

「公爵様……」

思わず足を止める。

追いついたライナー公爵は、息を弾ませながらも気遣わしげに言った。

「ご令嬢、あなたのような心優しい女性に企みなどあるとは思えぬ。事情があるのなら、私があなたに力を貸そう」

フォスティーヌはライナー公爵の温情ある言葉に、胸がいっぱいになる。

だが、強く首を振った。

「ありがとうございます。でも、公爵様ももう、私に関わりにならない方がよろしいと思います。ほんとうに、今までご親切にしてくださって、ありがとうございました」

「ご令嬢――」

ライナー公爵はまだなにか言いたげだったが、フォスティーヌはそのまま、前を向いて足早にその場を離れた。

急いで自分の部屋に駆け込み、小さな鞄《かばん》に手早く身の回りのものを詰め込んだ。

一刻も早く、皇城から出て行こうと決心していた。

このままオリヴィエのそばにいたら、彼の立場が悪くなる一方だろう。とにかく身を引いて、オリヴィエが自分を追放したという形にしてもらえば、体裁が保てる。

元々、身一つでここに来たから、荷物はあっと言う間にまとまった。

「あ、いけない」

はっと思い出して、図書室に急いだ。書棚から祖父の日記が隠してある植物図鑑の本を取り出そうとしていた時だ。

「――荷物をまとめて、どこに行こうというのだ?」

地を這うような低い声が背後から聞こえ、びくりと肩を竦めた。

動きを止めて、おそるおそる振り返ると、図書室の入り口に、礼装姿のままのオリヴィエが立っていた。

「あっ、オリヴィエ様──式典は？」

「しばらくは、無礼講のダンスの時間だ。私が抜けても問題ない」

「でも──この時間は、招待客の皆様がご挨拶をなさるのでは？」

「どこに行くつもりだと、聞いている」

オリヴィエはフォスティーヌの質問は無視し、同じ言葉を繰り返す。

いつもは知的な青い瞳が、険悪な光を放っている。口調が静かな分、オリヴィエの押し殺した怒りが強く感じられ、フォスティーヌは震え上がってしまう。消え入りそうな声で答えた。

「わ、私は、田舎に帰ります……」

「それは、誰の命令だ？」

かつかつと靴音を立てて、オリヴィエが近づいてくる。

フォステーヌは慌てて後ずさりしたが、壁際に追い込まれてしまう。

「い、いえ、私の判断です……私がこのままおそばにいては……」

オリヴィエの両腕が伸びてきて、フォスティーヌの両脇にどん、と突いた。

たくましい腕に囲い込まれて、身動きが取れない。

オリヴィエが長身を屈めるようにして、顔を覗き込んでくる。

蛇に睨まれたカエルみたいに、視線が外せない。

「あなたの進退は、私が決めることだ、そうだろう?」

「でも……私の、出自が……オリヴィエ様に迷惑を……」

フォスティーヌは縮こませるようにして、身を硬くした。

「あなたの祖父の件は、あなたが生まれる以前の出来事だ。あなたには、何の責任もないだろう?」

オリヴィエが説得するような言い方をした。

フォスティーヌは思わず言い返してしまう。

「それは、違います!」

オリヴィエがわずかに目を見開いた。

フォスティーヌは声が震えたが、言わずにはいられない。

「そもそも、私の祖父は無実です。失われたド・ブロイ伯爵家の名誉に賭けて、私は信じております!」

オリヴィエが息を呑む気配がした。

そこには怒りは含まれていない。

彼はまじまじとフォスティーヌの顔を見つめる。

やがて、オリヴィエは感に堪えないような声を出した。

「初めから——あなたには、他の令嬢には感じられない気高さがあった。それは、信念があるからだったのだな」

フォスティーヌは激情に駆られて口走ったことにやっと気が付き、後悔の念に襲われる。

「今の言葉は忘れてください。没落貴族の娘のたわごとです。世間的には、祖父が反逆者と見られていることに変わりはありません。どうかオリヴィエ様にご迷惑がかかる前に、私を皇城から追放してください」

そっとオリヴィエを押しのけようとしたが、彼の腕はびくともしなかった。

「だめだ、行かせぬ」

「なぜ？　私などお側に置いては、オリヴィエ様の不利益になるばかりです」

「では——私の安らかな眠りはどうなるのだ？」

「……きっと、私よりオリヴィエ様にふさわしい、身上に汚れのないご令嬢がおられます」

「どこにいるというのだ？」

「また、お探しになればよろしいのです」

「あなた以上の女性が、二人といるというのか？」

「それは買いかぶりというものです」

二人は押し問答になってくる。

フォスティーヌは内心、こんな言い争いにすら胸が疼くような愛情を感じ、深くオリヴィエを愛してしまった自分に改めて気がついた。

（ああ……人を愛するということは、こんなにもせつなくて幸せなのだ。こんな気持ちを教えてくれただけでも、オリヴィエ様には一生感謝したい。でも、愛しているから、これ以上おそばにいて、ご迷惑をかけることだけはしたくない――どうすれば、諦めていただけるの？）

フォスティーヌは胸の中で、苦渋の決断をする。

深く息を吸い、できるだけ冷たい声を出すように努めた。

「そもそも、私はこのお仕事が苦痛でした。オリヴィエ様のお側でお仕えすることに、限界がきておりました。だから、どうか辞《や》めさせてください」

「――」

オリヴィエが声を呑んだ。

彼の端整な顔が、一瞬哀《かな》しげに歪《ゆが》んだような気がした。

だが、すぐ冷徹そうな表情になる。

「ほお――苦痛だと？」

「は、はい……」

目を逸《そ》らして口ごもると、オリヴィエの美麗な顔がさらに寄せられる。

ふいに噛みつくような口づけをされた。

「う……ぐっぅ」

がちっと前歯の当たるくぐもった音がし、唇のどこかが切れたのか、鉄錆《てつさび》のような血の味がした。

オリヴィエはかまわず強引に口腔に舌を押し入れてきて、乱暴に掻き回してくる。

「んんぅ、く……や……ふ……ぅ」

逃れようと顔を振り立てるが、オリヴィエの顔が追いかけてきて、舌を絡め取られて痛いほど強く吸い上げられた。

「……は、ふぁ……あ、あ……」

魂まで吸い込まれそうな激しい口づけに、頭の中が真っ白になる。

何度も繰り返し舌を絡められ、歯列や歯茎、口蓋に至る隅々まで貪られた。溢れる唾液を啜り上げられ、代わりに相手の唾液が喉奥まで注ぎ込まれる。

「や……め……ぁ、ふ、ぁ……ぁ」

強烈な快感に意識が朦朧として、オリヴィエを押しのけようとした両手がだらりと垂れ下がり、全身から力が抜けていく。

「んぁ、あ、ん……んゃ……ぁ」

心ならずも甘い鼻声を漏らしてしまった。

フォスティーヌの抵抗が無くなったと思ったのか、オリヴィエがやっと唇を解放する。

「これでわかったか？」

唾液の銀の糸を濡れた舌先で舐め取る仕草が、あまりに猥りがましくかつ妖艶で、フォスティーヌは顔を背けることができなかった。

「この口づけでも、苦痛だと？　よいのだろう？」

フォスティーヌは嘘を吐き続けるのが辛く、ただ首を横に振り続ける。

するとオリヴィエが再び顔を寄せ、耳朶に舌を這わせてきた。

「あっ……」

ねっとりとした淫らな舌の動きに、心ならずも声を上げてしまった。

「これでも、感じないか？」

低い色っぽいコントラバスの声が耳孔に吹き込まれ、濡れた熱い舌が耳殻や耳裏をいやらしく這《は》い回る。

「やぁ、そこ、舐めないで、や……ぁ、あ、ぁ」

背中に甘い刺激が走り、フォスティーヌは身を捩って舌先から逃れようとする。

「もう悩ましい声が漏れている」

オリヴィエの熱い吐息が耳朶を擽り、身体中の血が沸き立ってくる。

「もっと、欲しいだろう？　私が――」

オリヴィエが再び唇を塞いでくる。

「んぅっ」

舌の侵入を拒もうと、歯を食い縛った。また舌を絡められたら、たちまち官能の渦に巻き込まれてしまう。

すると、オリヴィエはやにわに、襟ぐりが深い胸元から手を強引に押し入れ、柔らかな乳房にじかに触れてきた。ぎゅっと乳房を掴《つか》み上げられる。

「あっ」

ひやりとした掌《てのひら》の感触に、思わず声を上げてしまうと、すかさずオリヴィエの舌が口腔内に忍び込んでくる。

「んっ……く、ふ、ぅ……んぅ」

喉奥までオリヴィエの分厚い舌が押し込められ、息が詰まった。しかも、乳房をなぶるように揉みしだかれ、ぞくんと腰が震える。

しなやかな指先が、小さな乳首を探り当てて円を描くように撫で回すと、そこはたちまち鋭敏に凝って、じくじくした快感が背中に走る。

「ふぁ、あ、や……ん、やぁ……っ」

弱々しく首を振るが、オリヴィエはさらに指でツンと尖った乳首をきゅっと摘《つま》み上げ、強い刺激を与えてくる。

オリヴィエはフォスティーヌの口の端から溢れた唾液をちゅるっと舐め取ると、意地悪い声でささやいた。

「乳首がすっかり勃ってしまって——感じるだろう?」

「やあ……もう、やめて、許して……」

フォスティーヌは涙目でオリヴィエを見つめて、訴える。

「そんな感じ入った顔で見つめられたら、もう止まらない」

オリヴィエの手が、ぐっとドレスの襟ぐりを引き下ろした。

「きゃ……っ」

ふるんろまろやかな乳房がまろび出る。

「蕩けそうに白い肌だ。このドレス、あなたに最高に似合っていた。まるで海の泡から生まれるという伝説の美の女神のようで、その場にいた者全員があなたを賞賛し、魅了されていた。

気がついたか？　あなたはあっという間に、その場の空気を全部さらってしまったのだよ」

「ん……ん、あ、まさか、そんな……」

人々がそのような視線で自分を見ていたなんて、気がつかなかった。

オリヴィエはふくよかな乳房の谷間に、美麗な顔を埋めてくる。彼の硬く高い鼻梁が、柔肌を擽《くすぐ》り、ぞくりとした感覚が身体の芯を熱くする。

「あなたと踊っていて、なんと誇らしかったろう。こんなにも美しく魅力的な乙女の秘密を、私だけが知っている、と」

オリヴィエがふいに、硬く尖った赤い先端をクッと甘噛みしてきた。

「あっ、つうっ……」

鋭い痛みに、身体がびくんと跳ねる。

だが、オリヴィエがあやすみたいに濡れた舌でぬるぬると乳首を舐め回すと、じんじんした疼きは悩ましい甘い刺激となり、下腹部を襲ってくる。

「んぅ、あ、だめ……ぁ、あ、ぁ」

太腿の奥がきゅんと熱く収縮し、官能の飢えがみるみる高まってしまう。

もじもじと太腿を擦り合わせ、やり過ごそうとしたが、秘裂がじわりと潤《うるお》って、そこがぬるつくのがはっきりとわかった。

フォスティーヌが腰をうごめかせているのを、オリヴィエはいち早く感じ取り、舌をひらめかせながら、欲情した表情でこちらを見上げてくる。

「おね、がい……もう、やめて……しないで……あ、は、ぁぁ……ん」

切れ切れに訴えるが、もはやその声にはたっぷりと媚態《びたい》が含まれていて、男を誘っているようにしか響かない。

オリヴィエが疼き上がった乳首を、左右交互に口に含み、舌先で舐め上げたり舐め下ろしたり、くりくりと転がしたりするたびに、膣襞がひくひくわななき、せつなくフォスティーヌを追い立ててくる。

最後には、仕上げとばかりに深く乳首を咥え込まれ、ちゅっちゅっと音を立てて強く吸い上げられた。

下腹部の奥が、淫らに痺れる。何かで埋めてほしくて、うずうずと蠕動《ぜんどう》を繰り返す。触れられてもいない陰核が、熱を持って充血してくるのがわかった。

「んあ、あ、は、はぁっ……だめ、だめぇ……」

首をいやいやと振り立て、甘くすすり泣いてしまう。

オリヴィエは唇を離し、指先で乳首を擦り立てながら、焦らすような言う。

「もう、欲しくて仕方ないだろう？　あなたの恥ずかしい花弁に、私の舌が欲しいか？　指で掻き回してほしいか？」

フォスティーヌはきゅっと唇を噛み締め、顔を逸らした。

そんなこと、言えるはずもない。

熟れた媚肉を舐めてほしい、鋭敏な秘玉を撫で回してほしい、濡れ果てた隘路に指を突き入れてほしい——そして、そして——。

もっと太くて大きいもので、満たしてほしくて——。

フォスティーヌは、はっと我に帰り、最後の力を振り絞り、オリヴィエの身体を突き飛ばした。

「もう、やめて……っ」

彼の腕から逃れ、その場から走り去ろうとしたが、すぐに毛足の長い絨毯に足がもつれ、床に転んでしまう。

「あっ」

慌てて顔を上げてオリヴィエを振り返ると、彼は熱っぽい眼差しで見下ろしてくる。

「あくまで逃げる気なのか？　そんな淫らな格好で、私を誘っているくせに」

オリヴィエの端整な顔に、獣のような凶暴な色が浮かぶ。

フォスティーヌはぎくりとして、はだけた胸元と、転んだ拍子に太腿のあたりまで捲《めく》れ上がったスカートを引き下ろそうとした。

「今さら、もう遅い、フォスティーヌ」

オリヴィエがいたぶるみたいに、一歩一歩ゆっくりと近づいてくる。

「あなたが、添い寝係でいる限り、一線は越えない、と約束した」

目の前で立ち止まり、長身のオリヴィエが悠然と見下ろしてくる。

「だが、あなたは役目を下りると言う。だから、もはや約束は無効になったも同然だ」

「――っ？」

フォスティーヌは本能的な危険を感じ、床に這いつくばったまま逃げようとした。

だが、一瞬早くオリヴィエが、スカートの裾を踏みつけ、動きを止めてしまう。

「逃さない」

そうつぶやくや否や、オリヴィエは膝を折り、背後からフォスティーヌに覆《おお》いかぶさってくる。

「あっ」

凄まじい力で背中から抱きしめられ、息が止まりそうになった。

スカートをさらに捲られ、下腹部の間にオリヴィエの手が滑り込んできた。

「んんっ」

指先が薄い下生えを掻き分け、すでにたっぷりと蜜を含んでいる割れ目をなぞった。

甘い痺れに、腰が大きく浮いてしまう。

「ほら、口よりこちらの方がよほど正直だ。すっかり濡らして、私に触れられるのを待ち焦がれている」

耳元でオリヴィエが揶揄《からか》うようにつぶやき、零れた愛蜜を指で掬い取り、膨れた秘玉にぬるっと触れてきた。

「んんーっ、あ、ぁ」

鋭い快感が走り、あえかな声が漏れてしまう。

花芽の莢《さや》を剥《む》くようにして、そこを擦られると、気持ちよくて頭が真っ白になってしまう。

「ほら、奥からどんどん溢れてくる」

オリヴィエ片手で陰核を転がしながら、もう片方の手でフォスティーヌの乳房を乱暴に揉みしだく。凝りきった乳首をきゅうっと摘み上げられると、その刺激が子宮を直撃し、四肢から力が抜けて、求めるように開いてしまう。

「あ、あぁ、だめ、やめて、あ、あぁ、だめ……ぇ」

フォスティーヌは大きく唇を開き、はあはあと猥《みだ》らに喘いだ。

「だめではないだろう？　もっとしてほしくて、腰がうねっている。奥も、欲しいか？」

オリヴィエは柔らかな耳朶を舐めしゃぶりながら、さらに指の動きを速める。

「んんぅ、ん、だめ、あ、だめ、も、あ、や、だめなのぉ……っ」

腰がガクガクと震え、思考が吹き飛ぶほどの強い快感が襲ってくる。

こうなると、もう止められない。

あっという間に、陰核の刺激で鋭角的な絶頂に押し上げられた。

「あ、あ、あ、あ――っ」

視界がちかちか点滅し、もう気持ちよいとしか考えられない。

フォスティーヌは絶頂を極めて、びくびくと全身を慄かせる。

四肢がぴーんとつっぱり、内壁だけが淫らに蠕動している。

「ふ――素直で、可愛い身体だ――ほんとうに、可愛い」

達し続けている間も、オリヴィエは指の動きを止めない。

どろどろに蕩けた蜜壺は、早く指を挿入してほしくて、きゅうきゅう収斂した。

「は、あ、ぁ、オリヴィエ、様……ぁ、あぁ……」

フォスティーヌは涙目で、肩越しにオリヴィエを見遣る。

官能の欲望が、理性を消し去ってしまった。

飢えきった隘路を鎮めてほしくて、誘うように尻が揺れてしまう。

「中で、達かせてほしい？」

低く悩ましい声でささやかれ、思わずコクリとうなずいてしまう。

「そうか、すぐに鎮めてあげよう――でも」

ぬるっと秘裂から指が離れた。

ぼんやりしているフォスティーヌの耳に、衣擦れの音が響く。

「あ……？」

両足の間に、オリヴィエの片足が差し込まれ、フォスティーヌをさらに開脚させた。

オリヴィエの足は、素肌だった。

「オリヴィエ……？」

声をかける間もなく、花弁のあわいになにか熱く硬い塊が押し付けられた。

「っ　あ、いやっ……」

傘の張った丸い先端が、媚肉を押し分けて入って来ようとする。瞬時に、オリヴィエの欲望の屹立が侵入しようとしているのだと、悟る。

だが、男自身を受け入れたことのない隘路は、ぎゅっと窄《すぼ》まってそれを押し返した。

「ああ、狭いな」

オリヴィエはいったん腰を引くと、蜜口に溜まっている愛蜜を先端にぬるぬると塗りつけるように動かした。

「あ、あぁ、あ……」

太いもので浅瀬を掻き回される心地よさに、フォスティーヌは思わず身体の力を抜いてしまった。

その刹那、オリヴィエはぐん、と一気に腰を押し進めてきた。ずぶりと剛直が押し入ってきた。

「やっ——あ、ああ、あーっっ」

フォスティーヌは目を見開き、悲鳴を上げる。

熱く、凄まじい衝撃だった。

濡れそぼっているとはいえ、まだ開拓されていない媚肉をめりめりと押し広げるようにして、太く硬い肉棒が侵入してくる。

「やめて、あ、痛……っ、く、るし……」

みっしりとした圧迫感で、息が詰まった。

「う——フォスティーヌ、そんなに力を入れては、押し出されてしまう。息を吐け」

中ほどまで挿入したオリヴィエが、くるおしげな声を出す。

「や、やぁ、だめ……やぁ……」

わけがわからず、身を捩って泣き叫ぶと、オリヴィエの顔が寄せられ、無理矢理に唇を奪った。

「ふ、ぐ、んん、ん、んんんぅっ」

舌の付け根まで強く吸い上げられ、目も眩むような刺激に、意識が飛びそうになる。

一瞬、身体の力が抜けた。

「く――っ」

直後、オリヴィエが低く呻《うめ》き、ぐぐっと最奥まで肉茎が到達した。

「あぅっ」

身体の奥底で、巨大な異物がどくどくと脈打つ衝撃に、フォスティーヌは目を見開く。

根元まですべて挿入したオリヴィエは、そのまましばらく動きを止めた。

フォスティーヌは自分の処女が奪われたことを、ぼんやりと悟る。

オリヴィエがゆっくりと唇を解放する。

彼は感慨深そうなため息を吐いた。

「ああ――やっと、やっと、あなたとひとつになった」

「……ぁ、あ……ぁ」

フォスティーヌは身動き一つできず、自分の中でびくびく震える圧倒的な熱い感触に目眩がしそうだった。

痛みより、内臓まで押し上げられるような重苦しい引き攣るような未知の感覚に、気が遠くなっていく。

「熱く、濡れて、私を締め付けてくる――なんて、心地よいのだろう」

オリヴィエがしみじみした声を漏らし、ゆっくりと腰を引き、再びゆるゆる挿入してきた。

隘路が切り開かれる痛みに、フォスティーヌの薄れていた意識が戻ってきた。

「あ、ああ、あ……お願い、やめて……抜いて……」

震える声で訴えるが、オリヴィエの腰の動きは止まらない。

「苦しいか？　ゆっくりと動くから――いずれこれが、快感に結びつく」

オリヴィエは宥《なだ》めるように優しく声をかけながらも、腰の抜き差しを止めることはない。こんな激しい行為が快感に変わるなんて、信じられない。

男根の挿入による行為は、指や舌で感じさせられていた快感とは程遠い、圧倒的な熱量と衝撃を伴い、フォスティーヌはただただ揺さぶられるままに、耐えていた。

「や、あ、だめ、熱い……ぁあ、は、あぁ……」

太く硬い肉胴が、愛液と破瓜《はか》の血液の混じったものをぐちゅぐちゅと泡立てながら、隘路を擦り上げていく。

「ああ、中が蕩《とろ》けるね、絡みついて、私を離さない」

オリヴィエが感じ入ったようにつぶやく。

こんな行為、受け入れられないはずなのに、唇からは拒絶の言葉より艶かしい嬌声が零れ出てしまう。

「や、あ……ぁ、あ、あ、は……ぁ」

下肢から迫り上がってくる疼痛《とうつう》と圧迫感に、不可思議な痺れるような熱い感覚が徐々に混じってくる。特に、傘の張った先端が、臍《へそ》の裏側あたりのどこかをずんと突き上げると、排泄《はいせつ》を我慢する時のような、じーんとした重甘い快感が生まれてくる。

「ん、んんぅ、あ、だめ……そこ、突かないで、もう……やぁ……」

涙声で懇願したが、それは逆効果だった。

「ここか？　あなたの内部の感じやすい箇所は、ここか？」

オリヴィエは見つけたばかりのフォスティーヌの性感帯を、ぐりぐりと腰を押し回すようにして突き上げてきた。

「はぁ、あ、だめ、あ、だめ、そこ、あ、あぁ、はぁ……ん」

破瓜の痛みを凌駕《りょうが》する、目も眩むような深い快感に襲われ、フォスティーヌは悩ましい鼻声を止めることができない。

膣奥から愛液が恥ずかしいほど溢れてきて、オリヴィエの律動がどんどん滑らかになっていき、同時に内壁を切り裂かれるような痛みは薄れ、疼く濡れ襞を擦られる悦《よろこ》びにとって変わられる。

「あ、あぁ、あふ、ぁ、あ、あぁ、はぁ……っ」

「奥が誘い込むように吸い付いてくる——こんなにきゅうきゅう締まって——よくなってきたね、フォスティーヌ」

腰を振り立てながら、オリヴィエはフォスティーヌの汗ばんだ首筋に顔を埋め、柔らかな肌をきつく吸い上げてきた。

「んぅ、つ、あ、は、ぁ、あ」

ちりっと灼けつくような痛みも、なぜか快感に拍車をかけてくる。

「可愛い、可愛いフォスティーヌ、あなたは私だけのものだ、もう、離さない、どこにもやらない」

がつがつと腰を穿《うが》ちながら、オリヴィエは片手でフォスティーヌの乳房をまさぐり、指の間に凝った乳首を挟み込んで、こりこりと擦り上げてきた。

「はぁぁ、あ、だめ、だめ、しないで……あぁっ」

じんじんと鋭い疼きが下腹部を襲い、きゅうっと媚肉が勝手に収斂しては、オリヴィエの肉茎を締め上げた。その硬い感触の圧迫感も、もはや快楽に拍車をかけるだけだ。

「んんぅ、あ、い……ぁ、あ、やぁ、だめに……ぁあ、だめに……なっちゃう……っ」

はしたない自分の喘ぎ声に、耳を塞ぎたい。

深く穿たれる悦びに、身悶えが止められない。

「可愛い声で啼く——だめになっていい、フォスティーヌ、私だけを感じて、もっと、感じてほしい」

オリヴィエのもう片方の片手が前に回って、股間に触れてくる。

「ひぅっ？」

濡れた男の指が、膨れ上がった花芽をくりくりと擦ってきた。その動きは、腰の激烈な抽挿に反して、細やかだ。指の腹で剥き出しの花芯を押さえられ、小刻みに揺さぶられると、腰が蕩けるかと思うほどの喜悦が込み上げ、男根の与える深い圧迫感とともに、目の前が真っ白に染まった。

「いやぁ、だめ、しないで、あ、だめ、おかしく……あぁ、や、あ、こんなの、こんなの……っ」

甲高い嬌声を上げ続けていないと、本当に意識を失いそうで、開いたままの唇から唾液が溢れて滴る。

「すごい――喰《く》い千切られそうに締まる――フォスティーヌ、ああ、たまらない」

オリヴィエは息を乱し、さらに腰の動きを速めた。

隘路の最奥まで、張り切った肉楔《みなぎ》が突き上げ、太い亀頭が子宮口までぐりぐりと抉ってくる。

「はあぁ、あ、あ、だめ、もう……だめ、だめ……あぁ、はぁ、はぁぁっん」

ぬちゅぐちゅと淫らな水音が部屋に響き、もはや羞恥すら快感を増幅させる。

深い、あまりにも深い快楽。

フォスティーヌはただただ、オリヴィエの与えてくる喜悦を全身で受け止め、貪るだけになっていた。

破瓜の衝撃が薄れて、官能の悦びにすり替わってしまうと、心からの感激が生まれてきた。

だって、もし初めてを捧げるのなら、その相手はオリヴィエしか考えられなかった。

一生、そんな夢みたいなことはないと、内心の密やかで淫靡《いんび》な望みだったのだ。

オリヴィエに身を寄せて、その芳しい肌に触れ、悩ましい下や指で何度も心地よくなってしまい、いつしか、最後まで抱いてほしいと希求していた。

けれど、それはあまりに不敬ではしたない望みだ。

だから、時折身体の芯を襲う、切なく熱い欲望を押し殺していた。

それが――。

オリヴィエは怒りに任せた勢いだったかもしれないが、思いがけなくも、このように奪われて、そしてめくるめく快感に酔いしれて——。

もう、このまま死んでもいい、と思う。

「あぁ、オリヴィエ様、オリヴィエさまぁ……っ」

快楽の涙でぐしゃぐしゃになって、愛する人の名を連呼する。

「フォスティーヌ」

オリヴィエが顔を寄せてくる気配に、顔を振り向けると、奪うような口づけをされた。

「ん、んぅ、ふ、ふぅんんんっぅ」

痛いほど舌を絡め取られ、深く挿入したままがくがくと激しく揺さぶられた。

「ん——っ、ん、は、ひぅ、ひ……っ」

声を奪われ、逃げどころを無くした悦楽が、全身を駆け巡り、最後に下腹部へ戻って深く感じる部分を強く押し上げる。

「ぐ、ふ、は、だ……め、あ、ふ、ふぁあぁっ」

オリヴィエが突き上げるたびに、絶頂の熱い波が押し寄せる。

それは、今まで知っていた官能の絶頂感を遥《はる》かに凌駕していた。

そして、舌を絡めてくるオリヴィエの乱れた呼吸と知的な額から滴る汗が、彼もまた同じように心地よくなっているのだと告げている。

愛する人とひとつになって、同じ高みへ上る悦び。

フォスティーヌの意識が、最後の絶頂の高波に攫《さら》われていく。

四肢がぴーんと強張り、全身で強くイキんでしまう。

うねる蜜壺に締め付けられた男根が、びくんと大きく震えた。

「は――」

オリヴィエが唇を引き剥がし、深く息を吐いた。

「あ、フォスティーヌ――終わる――あなたの中で、終わるぞ」

身体の奥底で、オリヴィエの肉胴がどくんどくんと激しく脈動した。

直後、フォスティーヌは絶頂に飛び、なにもわからなくなる。

「ああ、あぁっ、あ、あぁあっ」

全身がガクガクと痙攣する。

「っ――」

オリヴィエが大きく胴震いし、フォスティーヌの子宮口に熱い精の白濁が迸《ほとばし》った。

「……ぁ、あ、は……ぁ、あ……ぁあ……」

びくんびくんと、内壁の中でオリヴィエの欲望が跳ねる。内壁にじわりと熱いものが広がっていくのを感じた。

フォスティーヌはがっくりと全身の力が抜け、床に倒れこんだ。

「はぁ……は、はぁ……」

もう指一本動かせないほど精根尽き果てているのに、濡れ襞はうねうねと蠕動して、吐き出された熱い飛沫をすべて呑み込もうとする。

そのあさましいようなたくましいような自分の反応に、驚きと感動を受けてしまう。

「──は、あ、フォスティーヌ」

動きを止めたオリヴィエが、ゆっくりとフォスティーヌの背中に崩れてくる。

彼もすべてを出し尽くしたのだろう。

まだ繋《つな》がったまま、二人の浅く忙しない呼吸音だけが、部屋に響いた。

フォスティーヌは朦朧とした意識の中で、オリヴィエが自分と同じように快感を極めたことが、誇らしいほど嬉しい。

彼の汗、息遣い、身体の重みすら、愛おしいと思う。

「これで、あなたは私だけのものだ。もう、誰にも渡さない」

オリヴィエが掠れた声でささやき、汗ばんだ顔を寄せて、フォスティーヌのうなじや耳朶にそっと口づけをしてくる。

「あ……オリヴィエ様……」

優しくされて、愛する人にすべてを捧げられた喜びに打ち震えた。

が、快感の波が徐々に引いていくとともに、フォスティーヌは自分のしでかした事実に愕然《がくぜん》となった。

自分は未だに皇帝家への反逆者の孫。

この事実が変わらぬ限り、オリヴィエのそばにいることは彼の醜聞でしかない。

いっそ、このようにすべてを奪われたからこそ、心残りもない。

「――オリヴィエ様」

顔を振り向け、まだ酩酊しているようなオリヴィエの顔を見つめる。

オリヴィエは眩しそうに目を眇めた。

「激情のままにあなたを抱いてしまったが、私に後悔はない」

「はい――私もお情けをいただけて、嬉しかったです」

「そうか――では、ここにずっといろ」

フォスティーヌは唇を噛む。

「いいえ、それはなりません」

「――なに？」

オリヴィエの片眉がかすかに上がる。

「これ以上は、もう——たくさんたくさんお情けをいただき、幸せでした。だからもう、私のお役目は終わりです」

ふいにオリヴィエが身体を引いた。

「っ……」

ぬるっと萎えた陰茎が引き抜かれ、その喪失感に思わず声が出そうになる。

白濁液と破瓜の血が混じったものがカリ首に掻《か》き出され、股間を淫らに濡らした。

オリヴィエが少し乱暴にフォスティーヌの肩を掴み、こちらを向かせた。

「許さないぞ——私から離れるなど、許さない」

「……でも、でも、私の存在はオリヴィエ様には不利益でしかありません。反逆者の孫娘を側にはべらせるなど、きっとオリヴィエ様の足元を掬《すく》う疵《きず》になります」

オリヴィエの目が鋭く光る。

「そんなもの、あなたが心砕くことではない。なにが私にとって、いいか悪いかは、私が決めることだ」

フォスティーヌは、自分の出すぎた言葉がオリヴィエの尊厳を傷つけたのか、と思う。

「でも、オリヴィエ様……」

「もうよい」

オリヴィエがおもむろに立ち上がった。

「そろそろ、祝賀の席に戻らねばならぬ。だが、あなたを逃さない。ここを出てはならぬ」

彼は素早く衣服を直すと、それ以上問答無用とばかり、背中を向けて部屋を出て行ってしまった。

「待って……オリヴィエ様」

フォスティーヌはよろけながら、後を追う。

扉がガチャリと閉まる。

フォスティーヌはドアノブに手をかけた。

鍵が外からかけられ、ビクともしなかった。

「……」

閉じ込められてしまった。

フォスティーヌは呆然として、その場にへたり込んだ。

まだ身体のあちこちに、生々しくオリヴィエの感触が残っている。

ついさっきまで、同じ悦びを分かち合ったと思ったのに。

オリヴィエによかれと思って、身を引こうとしたのに。

どうしてわかってもらえないのだろう。

フォスティーヌは、引いていく官能の歓喜と、この先への不安とで、胸が千々に乱れるのだった。


祝典の席に戻ったオリヴィエは、気もそぞろだった。

表向きは、次々とお祝いの挨拶を述べに玉座の前に現れる賓客たちに、鷹揚《おうよう》に優雅な態度で接してはいた。

招待客たちには、自由に飲める皇家御用達《ごようたし》のワインも配られ、場の空気は和み、宴もたけなわになる。

誰もが、フォスティーヌの一件は忘れてしまったかのようだ。

無理もない。

たかが使用人の小娘の身上の汚れなど、オリヴィエが馘首《かくしゅ》すれば片付く話だ。

こうしてオリヴィエが落ち着き払ったように玉座にあることで、問題は滞りなく片付いたのだと、誰もが思っているのだろう。

だが、オリヴィエの頭の中はフォスティーヌのことでいっぱいだったのだ。

「陛下、恐れながら——我が娘アニエスと一曲踊っていただけませぬか？」

階の下から声をかけられ、はっと我に帰る。

ギヨーム枢機卿とその娘が、うやうやしく頭を下げている。

折しも、優美なワルツ曲が奏でられていた。

しかし、到底他の女性の手を取る気にはなれずにいた。

脇に控えていた秘書官のジョルジェが、オリヴィエにそっと耳打ちする。

「陛下、大事な祝典でございます。主賓が座ったままでは、賓客にも失礼でしょう。それに、貴族議会の保守派の勢力の中心である枢機卿の願いを、無下にもできないです。ここは、義務だと思って、どうぞご令嬢と踊ってください」

ジョルジェの言葉はもっともだった。

「わかった」

オリヴィエは不承不承立ち上がり、階を下りてギヨーム嬢に優美に手を差し出した。

「では、ご令嬢、一曲お相手願います」

「ああ、光栄ですわ、陛下」

ギヨーム嬢が満面の笑みで、オリヴィエの手に自分の手を重ねた。

傍らに立つギヨーム枢機卿が、ご満悦の表情でうなずく。

オリヴィエは大広間の中央に進み出て、ギヨーム嬢と踊り出す。

「陛下のリードは、本当に素晴らしいですわ。私、宙に舞っているようですわ」

ギヨーム嬢がうっとりした声を出し、婀娜《あだ》っぽい顔つきで見上げてきた。

濃厚な香水の香りが漂い、彼女は必要以上にオリヴィエに身体を押し付けてくる。

オリヴィエは内心不愉快であったが、顔に出さず儀礼的に言葉を返した。

「いえ、ご令嬢が羽のように軽いからですよ」

「まあ」

ギヨーム嬢はわざとらしく頬を染めて、恥じらう素ぶりをする。

「でも、いつも体型には細心の注意を払っておりますの。ウエストが五〇センチを超えないよう、食事は鶏肉《とりにく》と少々の果物だけにしておりますのよ」

彼女が自慢げに言うが、オリヴィエにはまったく興味のない話だ。

無理に節制して作り上げたスタイルに、魅力を感じたことはない。

フォスティーヌは、いつもなんでも美味《おい》しそうによく食べ、身体を無理やりコルセットで矯正することもしない。

柔らかでふくよかで豊穣《ほうじょう》の女神のような体型は、彼女の自然な生活から生まれたものだ。

だからこそ、今夜彼女が自分の意思で仕立てた古代神話風のドレスが、この上なく似合ったのだ。

オリヴィエは、フォスティーヌの肉体の感触を生々しく思い出し、背中が震えた。

真っ白で染みひとつない肌理《きめ》の細かい肌、柔らかな乳房、見事な曲線を描くウエストから腰にかけてのライン、むっちりした太腿、そして、熱く濡れてオリヴィエを受け入れた秘密の花園――。

なんという愉悦だったろう。

あんな甘美で心地よい体験をしてしまったら、今まで以上にフォスティーヌを手放せないではないか。

だが、心の片隅には苦い後悔もあった。

性急に抱くつもりはなかったのに――激情に押し流されてしまった。

「陛下、どうなされました？　急におだまりになって――」

ギヨーム嬢が媚《こ》びを含んだ表情で顔を寄せてきたので、オリヴィエはわずかに身を引いた。

「ああこれは失礼――少し、酔ったかな」

「まさか、先ほどの反逆者の家の娘のことを、お考えではないですわよね？」

ギヨーム嬢は、目をわずかに細めた。

「私の父が、あの娘の身上を突き止めなかったら、陛下の身に危険が及んだかもしれませんわ」

「あんなあどけなく華奢《きやしや》な娘に、そのようなことはあるまい」

「いいえ。田舎貴族の出のくせに、のこのこと陛下の身の回りのお世話係に名乗り出てきたこと自体が、怪しいです。上流階級の社交界のことをなにひとつ知らないで――」

「だが、彼女は、他の上級貴族のご令嬢がひとつも知らない生きた知恵を、溢れるほど身につけていた」

オリヴィエは平坦《へいたん》な声で、ギヨーム嬢の言葉を断ち切った。

「――」

ギヨーム嬢は目を見開いて、口を閉ざす。

折りよく曲が終わり、オリヴィエはギヨーム嬢の手を離すと、慇懃《いんぎん》に優美にお辞儀をした。

「ではこれで――」

「あ」

ギヨーム嬢が何か言おうと口を開く前に、オリヴィエはさっと踵を返して玉座の方に戻っていった。

まだギヨーム嬢の香水が身体にまとわりついていて、ムカムカする。

フォスティーヌ以外の女性など、触れるに値しないと思う。

そうだ、ずっと彼女を捜していた。

求めていた。

忘れもしない、皇太子の頃の思い出。

母妃を無残な事件で失って以来、深く眠ることができなかった皇太子のオリヴィエを、初めて安らかな眠りに誘ってくれた少女。

貧しいドレスを他の令嬢からからかわれ、爪弾《つまはじ》きにされても、ぐっと顎を引いて前を向いていた、誇り高い少女。その姿は、オリヴィエの胸を強く揺さぶった。

彼女との会話は刺激に満ちていて、その膝枕は極上の心地よさで、あっという間に眠りに落ちてしまった。

目が醒めると、頭の下のハンカチだけを残し、ひっそりと身を引いていた。その奥ゆかしさにも心奪われる。

いつか再会したいと願っていた。

けれど、彼女はその後どこへともなく姿を消してしまい、行方不明になってしまったのだ。

反逆者の汚名を着せられた伯爵家の娘ということで、皇太子時代は大手を振るって捜索できなかった。

皇帝の座について権力を得てから、国中に手を尽くして、やっと見つけ出したのだ。

彼女の家は没落し、廃爵同然の状態になっていた。フォスティーヌは、ほとんど他人同様の遠縁の子爵夫人の家に、密かに養女になっていた。田舎の屋敷にずっと引き籠もり、社交界デビューもしていなかったので、捜し出すのに手間取った。

子爵夫人に密かに連絡を取り、皇城に上がるように手を回した。子爵夫人は病気がちで、フォスティーヌの将来を心配していたらしく、皇帝の世話係の仕事にという話を心から喜んでいた。

こうして、やっとフォスティーヌと再会できたのだ。

もう、二度と離さないと決めた。

大事に大事に守り、オリヴィエのそばにいることが、彼女にごく自然なことになるまで、辛抱強く慣らしていこうと思っていた。

小さな雛鳥《ひなどり》を育てるように、優しく丁寧に。

どれほどの、気の遠くなるような熱い欲望を押し殺し、彼女と添い寝しただろう。

いつか、フォスティーヌ自らが心を開き、オリヴィエを求めるようになるまで――できれば、彼女の身上を含めすべての状況が片付き、きれいになったら、正式に晴れて求婚しようと、一線を越えまいとぎりぎりまで自制したのだ。

それなのに――醜聞を恐れ、自分の元から去ろうとするなんて、あまりに無情ではないか。

あの時、オリヴィエの頭の中は怒りと悲しみと劣情で真っ白になってしまった。

力づくでも自分の元にとどめておかねば、と気持ちがはやった。

結果――やめてくれと懇願するフォスティーヌを、無理やりに抱き潰し、快楽に堕《お》として意のままにしてしまった。

今まで大事に積み上げてきたフォスティーヌとの甘い関係を、自ら打ち壊してしまったのだ。

フォスティーヌの心を酷《ひど》く傷つけてしまったろう。

若い欲望に負けた自分が苦々しい。

一方で、これでよかったのだという思いもある。

いずれにせよ、フォスティーヌを守らねばならない理由があった。

秘書官のジョルジェを通じて調べさせた報告によると、皇帝家への反逆罪で獄死したフォスティーヌの祖父の事件には、不可解な部分が多い。

フォスティーヌの周囲には、彼女は気がつかないが、なにか不穏な影がちらついているのだ。

貴族議会の議員の半分を牛耳っている、ギヨーム枢機卿の動きも牽制《けんせい》しなければならない。

彼が自分の娘をオリヴィエの正妃にしようと目論《もくろ》んでいることは、火を見るより明らかだ。

今の状況では、反逆者を出した没落貴族の娘より、公爵でもある枢機卿の娘の方が正妃にふさわしいと、誰もが思うに違いない。

すべてが解決するまで、まだ時間が必要だ。

だから、自分の手から離してはいけない。

たとえ、フォスティーヌに憎まれようと、彼女を失うことを思えば、憎まれ役でも構わない気がした。

離せない。

ひりひり灼けつくような感情が、胸を支配する。

オリヴィエは強く唇を噛み締める。

ずっと、フォスティーヌに恋していた。

くるおしいほど、愛している。

どうしようもないほど、愛しているのだ。

第四章　没落令嬢は監禁される

オリヴィエの誕生祝いの祝典の日から、フォスティーヌは、オリヴィエのプライベートエリアに軟禁状態にされてしまった。

それまでは、好きに中庭に出たりたまには回廊を散歩したりして、一人で城内を好き勝手に行動することを許されていた。

だが、今は常にオリヴィエの手配した護衛兵が、廊下に出ただけでもぴたりと付き添う。

どこにいても、常に見張りの視線を感じ、あまりの息苦しさに、フォスティーヌは次第に部屋から出ることを避けるようになった。

常に穏やかに親切に接してくれた、秘書官のジョルジェにそれとなく、自由にしてくれないかと訴えてみた。

しかし彼ですら、

「フォスティーヌ様、陛下はあなたを決して悪いようにさせませぬ。今しばらく、この状況を耐えてください。どうか、陛下のお側《そば》にとどまってください。私も陛下より、フォスティーヌ様を見張るよう厳命されております」

と、フォスティーヌの願いを通してはくれなかった。

オリヴィエの、断固として逃さないという意志を感じる。

オリヴィエは、自分を守ろうとしているのか束縛しようとしているのか。

わからなくなる。

今まで、あんなにも穏やかに優しく接してくれていたのに。

一線を越えないという約束を、守ってくれていたのに。

互いの気持ちも確認しないまま、処女を奪われてしまった。

結果的に愛する人に捧げたことにはなったが、思い描いていた初めてとはなにもかもが違っていた。

おそろしいほど激しく熱く、嵐のような行為だった。

しかも、最後にはフォスティーヌは目も眩むような快感に目覚め、溺れてしまったのだ。

それは、思い出すだけでも全身が熱く震えるほど甘美だった。

二度とあってはならないと思うのに、オリヴィエが求めてきたら拒めないだろうと予感があった。

予感は当たった――。

毎晩、呼び鈴が鳴る。

今までと同じように。

でも、もうこれまでとは違う。

寝室に恐る恐る現れるフォスティーヌを、オリヴィエは有無を言わさず押し倒し、肌を重ねてくる。

フォスティーヌの問いかけを塞ぐように深い口づけを仕掛けられ、性急だが的確な愛撫と、情熱的な交合を飽くことなく繰り返され、理性が粉々になってしまう。

オリヴィエの欲望の情熱に巻き込まれ、淫らな快楽に溺れていく。

オリヴィエはこの何日かで、フォスティーヌの身体の隅々まで知り尽くし、感じやすい部分、悦ばせるやり方をすっかり心得てしまった。

フォスティーヌは逆らえない。

彼がこの国の最高位の皇帝であるからではなく、愛しているから。

愛している人に求められて、どうして拒めようか。

ほんとうは、もっと話し合うべく大事なことがあるはずなのに、快楽で思考が蕩けさせられてしまい、最後には精根尽き果てて、互いにどろどろになったまま深い眠りに落ちてしまう。

それは、優しく触れ合い、柔らかな眠りを誘う添い寝からは程遠い。

このままではいけない、という思いと、もうこのまま愛する人の与える悦楽に溺れて何も考えたくないという投げやりな気持ちの間で、フォスティーヌは揺れた。

ある晩のことだ。

いつものように、夜半過ぎに呼び鈴が鳴る。

フォスティーヌは、おずおずとオリヴィエの寝室の扉を開ける。

ここのところオリヴィエは、すでにベッドで待ち受けていることが多かったが、その夜は机に向かってまだ仕事の残りを片付けているようだった。

彼はフォスティーヌを見やると、穏やかに手招きした。

「ああフォスティーヌ、ちょっとこれを見てほしい」

何事かと近づくと、机の上に広げられた油紙《あぶらがみ》の上に、灰色の土塊《つちくれ》が乗っていた。

「この土を、辺境の領地から掘り起こして、取り寄せたのだよ」

フォスティーヌは覗き込んだ。

「まあ、泥灰土《でいかいど》ですね」

オリヴィエはぱっと表情を明るくした。

「その通りだ。あなたは博識だね」

フォスティーヌは頬を染めた。

「いえ、うちの領地でも、この土を山から掘り出して畑に撒《ま》いています。肥料のもちが良くなりますから」

オリヴィエは大きくうなずいた。

「そうなのだよ。このあたりの土地は砂質で水はけが良すぎて、雨が降ると肥料が流れてしまう。今までは、大量の肥料を追加することで凌《しの》いでいたが、あなたと麦畑で会話してから、改良策をずっと考えていたのだ。それで、あなたの田舎を視察させ、貧しい土地を活《い》かす方法を知ったのだ。あなたのおかげだ」

フォスティーヌは控えめに首を振る。

「お役に立ててなによりですが、オリヴィエ様の慧眼あってのことですわ。これで、きっと首都周りでの小麦の生産高も上がりましょう」

「うん、結果が出たら、この泥灰土を国で大量に掘り出して、土地の痩せている地方に格安で配布したいと思っている」

「素晴らしいお考えです。農民たちはきっと喜びます。小麦の生産高が上がれば、国はさらに富むことでしょう」

フォスティーヌはにっこりと微笑んだ。

オリヴィエはわずかに目元を染め、微笑み返す。

「――しばらく、あなたとこういう会話をしていなかったね」

しみじみと言われ、フォスティーヌは心臓の鼓動がドキドキと速まってくる。

「ええ……」

机の上に置いた手に、オリヴィエがそっと手を重ねてきた。

「あなたを、いろいろ辛い目にあわせてしまったかもしれぬ――」

オリヴィエは静かな眼差しで、まっすぐ見つめてきた。

フォスティーヌはどきりとする。

「あれは、私の方で解決を付けようと思う」

「え？」

「早急に解決するのなら、例えば、恩赦《おんしゃ》という形もある」

「恩赦？」

「年末には建国三百年の大々的な慶事が行われる、その際の恩赦で、あなたの祖父殿の刑も軽微なものにすることもできるだろう。そうすれば、当面は――」

「軽微……」

フォスティーヌは押し黙った。

オリヴィエはフォスティーヌの態度が硬直したことを感じ取ったのか、首を傾ける。

「どうした？」

フォスティーヌはうなだれて無言で首を振る。

「申し訳ありません……でも、それでは祖父の名誉は回復しません」

「――」

今度はオリヴィエが口を閉ざしたので、フォスティーヌは彼が気を悪くしたのだろうと思った。当然だ。せっかくフォスティーヌ家のことを考えて、恩赦まで与えてくれようとしているのに、不敬にもそれを断ったのだ。

だが、フォスティーヌには幼い頃からの、固い決意があった。

祖父の無実を立証し、ド・ブロイ伯爵家を再興させること。

それこそがフォスティーヌの唯一の願いだった。

「……頑《かたく》なな娘だとお思いでしょうけれど、祖父の無実を証明をすることが、私の生涯の希望なのです」

オリヴィエが小さくため息をついた。

「では――もし、無実が証明されなければ、あなたはどうするつもりなのだ？　生涯と言ったが、死ぬまで反逆者の孫娘として生きることになるのだよ、それであなたはいいのか？」

その言葉は、胸にずしんと重く突き刺さる。

田舎に引き籠もって暮らしていた頃は、それでもいいと思っていた。

でも、今こうして愛するオリヴィエを目の前にすると、心が揺れてしまう。

汚名を着せられた没落貴族の娘である限り、公にはオリヴィエのもとにいることはできない。

それならば、祖父を軽微な罪にしてもらい、一生添い寝係でいいからおそばに仕えたい。

恋に溺れた自分は、なんて浅ましいのだろうと自己嫌悪に陥る。

口を開くと、情けない言葉が飛び出してしまいそうで、唇を噛み締めてうなだれるばかりだ。

フォスティーヌが無言でいるので、オリヴィエが次第に苛立ってくる気配がする。

彼はフォスティーヌの手に重ねていた手にぎゅっと力を込め、強く握ってきた。

「あ、痛……」

思わず声を上げると、オリヴィエは手を握ったまま立ち上がった。

「もう話はよい。ベッドにおいで」

彼の声は感情を押し殺したように平坦に響く。

「あ……」

引き擦るようにベッドまで連れて行かれ、そこへ突き飛ばすように投げ出された。

ベッドが大きく軋《きし》んだ。

フォスティーヌは、今夜もまた抱き潰されてしまう予感に、背中が震え上がった。

恐怖と甘い期待が、ないまぜになる。

「だめ……」

フォスティーヌが慌てて起き上がろうとする前に、オリヴィエが覆《おお》い被《かぶ》さってくる。

彼はフォスティーヌの両手首を掴んでシーツに縫い止め、体重をかけて押さえ込み、唇を奪おうとしてくる。

「だめ？　こうして身体を重ねた方が、本心がわかることもある」

オリヴィエはわずかに口の端を持ち上げ、苦い笑いを浮かべると、強引にフォスティーヌの唇を割り開き、舌を絡めてくる。

「んー、んぅんん」

くちゅくちゅと舌を蹂躙《じゅうりん》する猥雑《わいざつ》な音が、耳孔を犯していく。

舌の付け根の感じやすい部分を強く吸い上げられると、心地よさに抵抗する気力がみるみる薄れていってしまう。

「ふ、ぐ、ぁ、あ、ふ……ぁ……ぁ」

魂まで奪うような激しい口づけを繰り返し仕掛けられ、息が詰まり四肢から力が抜けていく。

目眩のような口づけの快楽で、頭がぼうっとしてくる。

オリヴィエはフォスティーヌの抵抗が薄れたとわかると、やっと唇を解放した。

「は、はあ、は、はぁ……」

呼吸を整えている隙に、オリヴィエは片手でフォスティーヌの両手首をひとまとめに押さえ込み、もう片方の手で薄い夜着越しに乳房を揉みしだいてくる。

節高な指が、小さな赤い突起を巧みに擦り上げ、ぞくぞくと下腹部に甘い震えが走る。

「ふ、あ、あぁ、や……ぁ」

もうすっかり感じやすい身体にされてしまい、鋭敏な乳首の刺激だけで達してしまいそうになる。

「ほらもう、こんなに乳首が硬くなった。気持ちよいと、身体が言っている」

オリヴィエが耳元で熱い息とともに、艶かしい声でささやく。

「あ、ん、や、あ、やめ……て」

感じていることを指摘されて、恥ずかしさにいやいやと首を振る。

「やめない――素直に反応するあなたが、もっと見たい」

オリヴィエのしなやかな指先が、くりくりと凝りきった乳首を抉る。甘い疼きが下腹部の奥にどんどん溜まっていき、堪えきれないほど膣襞がひくついてしまう。

その疼きをやり過ごそうと、きゅっと股間に力を入れると、逆につーんと痺れるほどの快感が生まれてくる。

　腰がびくびく浮いた。

「あ、あ、も、もう、だめ、しないで……あ、あぁ、あ、いやぁ、乳首だけで、あぁ、達っちゃう……っ」

　フォスティーヌは目を強く閉じ、迫り上がってくる快楽に耐えようとした。

「可愛いね、どんどんいやらしく、感じやすくなって――達っておしまい」

　オリヴィエの指は容赦なく、ひりつく乳首をきゅうっと摘み上げ、指の間で磨《す》り潰《つぶ》すみたいに擦ってくる。

「だめぇ、あ、だめぇ、あ、あ、あぁ、あ、も……あぁ、あああぁっ」

　じーんと脳芯が悦楽で痺れ、背中が弓なりに仰け反った。

　下腹部の奥が強く収斂し、フォスティーヌは達してしまう。

「あぁ……はぁ、は、あ、はぁ……ああ、いやぁ、こんな……」

　すぐに強張りが溶け、全身にどっと汗が吹き出した。

「ほんとうに可愛い――もっともっと、私に溺れていいんだ、フォスティーヌ」

　オリヴィエが夜着の裾を捲り上げ、下穿きを着けていない無防備な秘所に触れてくる。

「あっ……」

ぬるりとオリヴィエの指が割れ目をなぞる。ぞくっと腰が震えた。

「ああもう、こんなに濡らして——もう前戯の必要もないくらい、熱く潤っている」

オリヴィエの指が蜜口の浅瀬を掻き回すと、にちゅにちゅと卑猥な水音が立ち、疼き上がった媚肉は物欲しげに収縮した。

「やめ……て、そんなこと……ない……」

フォスティーヌは弱々しく首を振る。

言葉と裏腹に、膣襞は早くオリヴィエで満たしてほしくて、きゅうきゅう蠕動した。

「私が、欲しいか？」

オリヴィエが耳殻に舌を這わせながら、焦らすように聞いてくる。

そうしながら、充血した秘玉をつんつんと指先で突いた。

「あ、あああ、あ、だめ……っ」

強い快感に、腰が大きく浮いた。

「また蜜が溢れてきた。口ほどにもない」

ぬるぬると花芽を撫で回され、どうしようもない媚悦に両足から力抜け、誘うように大きく開いてしまう。

「あぁ、やぁ、だめ、足、開いちゃう……あぁ、こんなの……」

濡れ襞が飢えて、オリヴィエの熱く太い欲望で早く満たしてほしいと希求する。

「私が欲しいか？」

オリヴィエが執拗にいやらしくささやく。

花芯をいたぶる指が二本に増やされ、尖りきったそこをそっと押さえて小刻みに揺さぶってきた。

「あぁ、あ、あぁ、はぁ、だめ、あぁ、はぁぁっ」

もう抗《あらが》えなかった。

この官能の飢えを満たしてもらわないと、おかしくなってしまう。

「あぁ、あ……ぉ……ねがい……」

消え入りそうな声を出すと、

「聞こえないよ」

オリヴィエの二本の指が肥大した秘玉を摘み上げて、さらに強く刺激してくる。フォスティーヌの目の前が、快楽の閃光《せんこう》で真っ白に染まる。

もう限界だった。

「はぁあっ、あ、だめ、あ、も、早く……あぁ、お願い、お願い……挿《い》入れて、お願いです、オリヴィエ様のものを、ください……っ」

フォスティーヌは喉を開いて声を震わせた。

「そうだ、素直でいい子だ。あなたはこうやって、私の腕の中で心地よくなっていればいい」

オリヴィエが指を離し、素早く自分の夜着の裾を捲り上げる。

彼の長い素足が、フォスティーヌの足の間に割り込み、さらに股間を押し広げた。

「んっ……」

ぬるっと固い亀頭の先端が、ほころんだ花弁を擦った。

ぬるり、ぬるり。

あまりに濡れているために、滑ってしまいうまく挿入できない。

オリヴィエが苛立たしげに息を吐き、自分の片手を添えて、媚肉の狭間に狙いを定めた。そして、一気に腰を沈めてくる。

「あー……っ、あ、ああ――っ」

ずぶりと最奥まで貫かれ、瞬時に絶頂に達した。

「あ、あぁ、あ、ぁ……ぁ」

脈打つ肉胴で深々と串刺しにされ、深い悦楽と衝撃に息も止まるほどだ。

「もう達《い》ってしまったね――こらえ性のない」

オリヴィエが息を乱し、ふふっと苦笑する。

まだ彼は動いてもいないのに、フォスティーヌの蜜壺は貪欲に男根を包み込み吸い付き、ぎゅうぎゅう締め付けてしまう。そうすることで、新たな快感が湧き上がって、短い間に繰り返し高みに達してしまう。

自分でもなんて淫らな身体になってしまったのだろうと思うが、頭の中まで官能の悦楽に支配されてしまい、逆らうことができなかった。

「でも、まだまだ、もっとよくしてあげるからね」

オリヴィエが艶めいた声でささやき、ゆっくりと抽挿を開始した。

「は、あぁ、あ、はぁ、あぁあ……ん」

最奥まで抉られ、深い快感がひっきりなしに襲ってきて、甲高い嬌声を止められない。

「ああきついね――もっと奥が欲しいと、引き込んでくる」

オリヴィエは深く腰を沈めると、子宮口まで先端を押し込み、腰を小刻みに揺さぶってきた。

「ひぁ？　あ、あ、や、だめ、それ、いや、だめえっ」

腰骨が直接揺さぶられるような錯覚に陥る。

それまで感じたことのない、深い快感が襲ってきた。

目も眩むような、腰全体が溶けてしまうような悦楽に、こらえきれなくて逃げたいのに、媚肉はきつく肉茎を締め付け、離そうとしない。

「これがよいのか？　奥が、よいのだね、こうか？」

オリヴィエは、フォスティーヌの新たな性感帯を発見し、執拗にそこばかりを攻めてくる。

ずん、ずん、と子宮口の手前を抉られると、深い絶頂がとめどなく襲ってきて、際限なく達し続けてしまう。

「あ、あっ、だめ、あ、だめ、おかしく……あ、しないで、もう、あ、あぁっ」

全身の神経が、突かれている奥だけに集中し、どろどろに蕩けていく。

熟れ襞は恐ろしい力で漲る欲望を引き込むのに、身体はすっかり力が抜けてしまい、じゅっじゅっといやらしい音を立てて、愛潮が吹き出した。

「やぁあ、あ、漏れて……いやぁ、だめ、あ、あぁぁ」

こんな感じ方は初めてで、あまりによすぎて、ほんとうにおかしくなりそうな恐怖すら襲ってくる。

「すごい——こんなに乱れるとは——ああ、たまらない、フォスティーヌ」

「だめぇ、やめ……あ、あぁ、も、あぁ、どうして……あぁっ」

もはや理性の欠片《かけら》も残っていなかった。

淫らな雌に堕とされ、自らもっと快感を求めるみたいに、オリヴィエの腰の動きに合わせて腰がくねった。

突き入れられるたび腰が前に突き出て、さらに粘膜が密着し、蜜口も秘玉も同時に刺激されて、どうしようもなく感じ入ってしまう。

「……はぁ、あ、あ、すごい……あぁ、気持ち、いい、あぁ、よくて、あぁ、たまらない……っ」

フォスティーヌは随喜の涙をぽろぽろ零しながら、もうこのまま死んでもいいとすら思った。

「そうか、よいか、フォスティーヌ、もっとか？　もっと、欲しいか？」

オリヴィエの額からフォスティーヌの頬に汗がぽたぽた滴り、涙と混ざってびしょびしょに顔を濡らす。

「ふ、はぁ、あ、あぁ、もっと……あぁ、もっと、突いて、あぁ、めちゃくちゃにして……ぁ、オリヴィエ様……あぁん、すごく、いいのぉ」

フォスティーヌは淫らな嬌声を上げながら、赤い唇を半開きにし、自ら舌を突き出す。

「ああ、キスを……あぁ、キスして……あぁ、あん……ん」

「フォスティーヌっ」

オリヴィエが噛みつくような口づけを仕掛け、さらに腰の律動を激しくさせる。

「んんーっ、ん、ふぁ、んん、んんぅぅ」

夢中になってオリヴィエの舌を味わった。

互いの溢れる唾液を味わい、くちゅくちゅ舌を絡め、触れ合う部分全部が性器に成り代わってしまったかのように、感じまくってしまう。

やがて、限界を超える絶頂が襲ってくる。

「はあっ、んぅ、あ、あ、やぁ……あ、ひ、ひあ、あ、だめ、あ、も、あ、だめぇえぇっ」

瞼の裏に絶頂の火花がばちばちと弾け、フォスティーヌは思わずオリヴィエの背中に爪を立てて、大きく身を慄《わなな》かせた。

全身が硬直し、無意識に、濡れ襞がオリヴィエの怒張の根元をぎゅうっと締め上げた。

「くっ――私もっ」

オリヴィエが獣じみた呻き声を漏らし、がくんがくんと腰を強く打ち付けた。

「ふ……ぁ、あ、ぁ、あ、ぁぁああ……っ」

ひくつく媚肉の狭間に、オリヴィエの熱い白濁の迸《ほとばし》りが注ぎ込まれていく。

「……ぁ、あ、熱い……ぁあ、ん、いっぱい……ぁあ……」

お腹の奥にオリヴィエの欲望がじんわりと広がっていく感覚に、背中が甘く震えた。

直後、引き攣った身体から、どっと力が抜けていく。

「ふ……はぁ、は……ぁ、は……ぁあ」

脱力したフォスティーヌの腰を引きつけ、オリヴィエはぐぐっと腰を押し入れ、どくどくと欲望の残滓《ざんし》をすべて注ぎ込んだ。

「ふ――ぅ」

オリヴィエは満足げなため息をつき、熱っぽい眼差しで朦朧としたフォスティーヌの顔を見下ろしてくる。

フォスティーヌは快楽に霞《かす》んだ目で、オリヴィエをぼんやりと見上げた。欲望を吐き出したばかりの彼は、この上なく優しく色っぽい。

「素晴らしい――あなたは、抱けば抱くほど、よくなっていく」

彼はフォスティーヌの汗ばんだ頬や額に、何度も口づけした。

「感じ入った直後の、その表情がたまらない。濡れたエメラルドの瞳も、薔薇色《ばらいろ》の染まった頬も、赤い唇も、なんてそそるのだろう」

最後に唇を塞がれた。

「……ん、ふ……ぅ」

情熱的に口腔を掻き回され、身体の奥に残っていた欲望の熾火《おきび》に、じりっと燃え上がってくる。

「んっ、ぁ、ん」

ひくっと蜜壺が収斂し、内壁の中で萎えていた男根を締め付けてしまう。

　すると、唇を離したオリヴィエが、うっとりした表情でささやく。

「まだ欲しいか？　あなたは閨《ねや》では、ひどく欲張りになるな」

　フォスティーヌは恥ずかしさに顔から火が出そうだった。

「いえ、ち、違います……っ、もう、これ以上は……」

　慌てて腰を引こうとしたが、それより早く、熟れ襞に包まれた男根がぐぐっと勢いを取り戻し始めた。

「あっ……」

　硬化してくる肉竿の淫らな感触に、思わず悩ましい声が漏れてしまう。

「ふふっ、私もまだ足りないようだ。あなたはいくら抱いても、足りない」

　オリヴィエが妖艶《ようえん》に笑い、ゆるゆると腰をうごめかす。

「あ、ぁ、あぁ……や……」

　数えきれないほど達したというのに、下腹部の奥からじわじわ快感が迫り上がる。

「もう、可愛い声で啼き始めたね――」

　オリヴィエがこちらの反応を伺いながら、次第に腰の動きを大胆にしてくる。

「んんぁ、あ、も、う、許して……ぁ、あぁ……ん」

　底なしの快楽に堕ちていく恐ろしさに、解放してほしいのに、柔襞は男根を誘うように包み込み、締め付けてしまう。

感じすぎた肉体は、少しの刺激であっという間に劣情をもよおしてしまう。

「ああ、私の動きに応えてきたね、いいね、とてもいい。あなたと私は、あつらえたようにぴったりだ。きっと、こうなることは運命だったのだ」

オリヴィエはすっかり張りを取り戻した剛直で、ぐっと子宮口まで掻き回してきた。

「あ、ん、ぃう、う、運命……なんて……そんな……ぁ、あぁ」

深い愉悦が込み上げてきて、唇が半開きになって悩ましい吐息が漏れた。

そこへ再び貪るような口づけを仕掛けられ、性急な動きで舌が吸い上げられ、頭の中が甘く痺れていく。

「あ、ふぁ、あ、んんぅ……っ」

オリヴィエは何度も舌を絡めながら、せつない声を漏らす。

「運命だ――あなたはもう逃げられない。逃さない。ずっと、私のものだ」

「……オリヴィエ様……」

潤んだ瞳で見上げれば、オリヴィエの端整な美貌がせつなそうに歪んでいて、胸がきゅんと痺れて気持ちが掻《か》き乱《みだ》される。

そんな目で見ないで、そんな声でささやかないで。

愛されていると、勘違いしてしまう。

フォスティーヌが胸に秘めているくるおしい想いと、同じくらいに彼も想っていてくれるのではないか、と自分に都合よく感じてしまう。

でも、きっと違う。

オリヴィエが求めているのは、彼の心身の安らぎを与えてくれる女性。

それが、たまたまフォスティーヌだっただけなのだ。

「フォスティーヌ、フォスティーヌ」

せつなげに何度も名前を呼びながら、オリヴィエが腰の動きを速めていく。

「あぁっ、あ、は、はぁ、あぁっ……っ、だめ、あ、ぁあ」

濡れ果てた媚肉を激しく突き上げられ、再び燃えるような快楽の中に堕とされていく。

「忘れるな、あなたは私のもの、ここにも、ここにも——私の刻印を捺《お》してやる」

汗ばんで揺れる乳房の肌を、オリヴィエがきつく吸い上げ、赤い花びらを散らした。

「んつぅっ、あ、は、あぁん、んんぅ」

ちりちりと灼けるような痛みが走るが、それがすぐに不可思議な刺激となって、全身が熱く感じ入っていく。

太いカリ首が、先ほど放出された白濁を掻き出し、股間が淫らに濡れてしまう。ぬるついた感触に、内腿がぶるっと慄《おのの》いた。

「答えろ、あなたは私だけのものだな？」

酩酊したように繰り返され、その度に抽挿が加速され、フォスティーヌの胎内は歓喜に打ち震える。そして、あっという間に理性は瓦解した。

フォスティーヌはすらりとした両足を、オリヴィエの腰に絡ませ、さらに結合を深くした。両手を彼のがっちりした男らしい首に巻き付け、ぎゅうっと強く引き付ける。

「はぁっ、あ、あ、あなた、の、もの……です、私は……あなただけの……あ、あぁっ」

ずぐずぐと、さらに奥を穿たれ、得もいわれぬ喜悦に言葉は嬌声に取って代わられる。

「ひぃ……ん、ぃ、い、あぁ、はぁ」

濡れた唇を開いて、白い喉を仰け反らせて歓喜の声を上げ続ける。

「ああ、フォスティーヌ、フォスティーヌ」

オリヴィエが今にも泣きそうなせつない声で呼び、唇を重ねてくる。

「んん、んぅ、ふ、は、んんんっ」

互いの舌を絡ませ、吐息まで奪い合うような口づけを交わしながら、密着した腰を同じリズムで律動させる。

子宮口までぐりぐりと捏《こ》ね回され、フォスティーヌは目も眩《くら》むような悦楽に我を忘れた。

「ああ、これはきつい――もたぬ」

オリヴィエが低くつぶやき、フォスティーヌの細腰を抱えてぐっと引き寄せ、さらにがつがつとがむしゃらに肉棒を穿ってきた。

「はぁ、う、あ、壊れ……あぁ、すごい、あ、また、達く、やぁ、もう、達きたくないのにぃ、ああ、だめぇ……っ」

結合部がひとつに溶けてしまったかと思うほどの熱さと媚悦に、フォスティーヌの身体がびくびく引き攣り、絶頂が何度も上書きされた。

「く――もう、出すぞ、出る――っ」

「はぁ、あ、来て……もう、来て、あぁ、いっしょに、達《い》く……っ」

フォスティーヌは逼迫《ひっぱく》した喘ぎ声を上げ、頭を振り立てた。

劣情にうねる蜜壺が、ぎゅうっと強く収斂《しゅうれん》した。

「お――」

オリヴィエが荒々しい呻き声とともに、びゅくびゅくと新たな欲望を解き放つ。

「っ……ぁ、あぁ、あぁぁっぁっ」

意識が真っ白に染まり、体内に注ぎ込まれる大量の精を感じながら、フォスティーヌはとうとう意識を手放してしまう。

「……ぁあ、すき……オリヴィエ様、好き……」

深い愉悦の奈落に落ちる前に、フォスティーヌは無意識に消え入りそうな声でつぶやいた。

心の言葉が、オリヴィエの耳に届いたかどうか、確かめるすべもないまま、気を失ってしまった——。


オリヴィエはまだ繋がったまま、フォスティーヌの乱れた髪を撫で付けている。

あまりに責め立てすぎて、とうとう彼女は失神してしまった。

意識を無くしてなお、彼女の媚肉はうずうずとうごめき、オリヴィエの欲望を離すまいとする。その甘い誘惑に抗《あらが》いながら、そっと腰を引いた。

ぱっくり開き赤く腫れた花弁から、白濁の雫《しずく》がとろりと溢れてきた。あまりに淫靡な光景に息を呑んでしまう。

「ん……」

結合を解かれたフォスティーヌの身体が、ぐにゃりとシーツに沈み込んだ。

オリヴィエは自分の脱ぎ捨てた夜着で、手早くフォスティーヌの陰部をぬぐってやる。

腰が蕩けるかと思うほどの快楽の果てに、じわじわと理性が戻ってくると、胸の中に自己嫌悪が込み上げてきた。

フォスティーヌの透けるような白い肌には、自分の執着の象徴のような赤い吸い跡が、幾つも散らばっていた。

劣情に囚《とら》われているときは、愛情の証のつもりで夢中になって肌を味わっていたが、こうしてまじまじと見ると、なんと無残な姿にしてしまったのだろう。

オリヴィエは毛布をフォスティーヌの肩まで引き上げてやり、包み込むように背後から抱きしめた。

「フォスティーヌ、フォスティーヌ、すまぬ——でも、愛しているんだ。どうしようもなく」

ずっと恋い焦がれてきた、ただ一人のひと。

皇帝の権力を行使して、強引なやり方で彼女を手に入れ、すべてを奪ってしまった。

再会するまでは、フォスティーヌにまつわる身分上の不備を、すべて綺麗に解決したのち、自分の気持ちを打ち明けて、正式に求婚するつもりだった。

なのに、目の前に美しくたおやかに成長したフォスティーヌが現れた瞬間、矢も盾もたまらず、一刻も早く自分のものにしたい激情に駆られてしまった。

自分の若く荒々しい欲望を、抑えきることができなかった。

フォスティーヌの身も心も、酷く傷付けてしまったに違いない。

彼女の気持ちを救おうと、祖父の罪状を恩赦《おんしゃ》という名目で軽くし、世間的に問題ない綺麗な身分にしてやろうと思った。

だが、フォスティーヌはオリヴィエが考えていた以上に、誇り高かった。

オリヴィエの姑息《こそく》とも言える提案を、彼女はきっぱりと否定した。祖父の無実を信じて疑わぬその姿は神々しいほどで、オリヴィエですら気圧された。

彼女のためを思い、一国の皇帝がわざわざ手を尽くしたのに——その失望感が劣情を煽《あお》り、有無を言わさず抱き潰してしまった。

心優しい彼女は、決して非難めいた態度は見せないが、権力を笠に着た傲慢な皇帝だと思っているかもしれない。

ここまで事態がこじれてしまうと、彼女の真意を知るのが恐ろしい。

本心を打ち明けて、フォスティーヌに拒絶されたら、どうしていいかわからない。

オリヴィエはこれまで、自分の思想や生き方に疑問を持ったことはなかった。

常に理性的で冷静沈着、決断力と行動力は誰よりも優れていると自負していた。

それなのに、こんな小さな乙女の気持ちひとつ、確かめることができないでいる。

これが、恋に翻弄されるということなのか。

「大陸随一の大国の皇帝が、まるで少年のようにうろたえているとは——」

オリヴィエは自嘲気味に笑う。

だが、フォスティーヌは決して手放せない。

彼女を一生守ると決めている。

たとえ彼女に嫌われていようと、離さない。快楽に堕としこみ、自分のこと以外は考えられないようにしてしまいたい。

それこそが、醜い自己満足であると自覚していたが、オリヴィエは敢《あ》えてその気持ちを押し殺してきたのだ。

オリヴィエはフォスティーヌを起こさぬよう、そっと寝返りを打ち、天蓋を見つめた。眠れない。

傍らには愛しい娘が横たわっているのに、心は遠い。

オリヴィエは目を閉じる。

フォスティーヌの求めているのは真実だ。

では、やはりそれを突き止めるしかない。

有能な秘書官ジョルジェの働きで、過去の事件の核心には、かなり近づいている気がする。

真実まで、あと一歩という手応えがある。

たとえ、その真実がフォスティーヌにとって辛いものになったとしても、彼女ならそれを受け止める強さがあるはずだ。

その時に初めて、オリヴィエは本心を告げることができる気がした。

「こんなふうに抱くのは、今宵限りだ」

オリヴィエは自分の胸に強く誓った。

第五章　没落令嬢は逃亡する

初秋の長雨《ながさめ》の季節になった。

今年の帝国の天候は、例年になく不順であった。

いつもなら、小雨が数日続く程度の天気が、土砂降りの雨が一週間以上も降り続けている。

早朝、まどろんでいるフォスティーヌを、先に起床したオリヴィエがそっと揺り起した。

「フォスティーヌ、二、三日、皇城を留守にすることになった」

寝起きの良いフォスティーヌは、ぱっと目を覚ました。

オリヴィエはすでに雨よけのマントを装着し、すぐにでも出立できる服装になっていた。

「もしかして……雨の様子をお調べになるためですか？」

「さすがに察しがいいね。その通りだ。水はけの悪い地方の水害が心配だ。急遽《きゅうきょ》、河川地域の視察に出ようと思う」

フォスティーヌは急いでベッドから下りて、ガウンを羽織った。

ここのところ、毎晩閨《ねや》での会話で、オリヴィエは増水による災害の懸念を口にしていた。フォスティーヌも、田舎の領地の農作物への被害などが心配だった。

「お気をつけて」

心を込めてそう言うと、オリヴィエは素早くフォスティーヌの額に口づけした。

「あなたも。私がいない間に、逃げたりしないように」

冗談だと思い、フォスティーヌは笑顔を浮かべる。

「オリヴィエ様が無事お戻りになるまで、おとなしく留守番しております」

オリヴィエは心残りげな色を浮かべたが、すぐにいつものきりりと引き締まった表情になった。

「うん――では、行ってくる」

彼はマントの裾を翻し、足早に部屋を出て行った。

フォスティーヌは後を見送ったが、閉じた扉にがちゃりと鍵の下りる音を聞き、そっとため息をつく。

やはり、オリヴィエはフォスティーヌが逃亡するのではと疑っているのだ。

確かに、今の軟禁状態のままでは辛い、自由を得たいと思う。

けれど、厳重な見張りも付けられていて、どうしようもない。

侍女を呼んで着替えを済ませると、フォスティーヌは窓から外の様子を窺った。

雨はしとしとと降り続けている。

ふと、遠くからでもオリヴィエの出立を見送れないかと思い、頭にショールを巻きつけ、ベランダに出た。ベランダに出る観音開きの窓を開くと、さっと冷たい雨が吹き込んでくる。

濡れたベランダに出て、手すりに手を置いて皇城の正門の方に、背伸びして目をやった。

ちょうど、皇帝付きの騎馬隊が整列しているところで、隊の前にいる白馬に跨《また》がった青いマントのオリヴィエの姿が見えた。その脇には、真っ赤な礼服に身を包んだ枢機卿の姿もある。

遠目にも、ひときわ凛々《りり》しい姿に胸がきゅんとなる。

「オリヴィエ様……」

そっと名前をつぶやく。

と、侍女に雨傘を差し掛けさせた、サーモンピンクのドレスの令嬢が、しずしずとオリヴィエの方に歩み寄って行くのが見えた。

「あ……」

思わず声が出た。ギヨーム嬢だ。

彼女は馬上のオリヴィエに、なにか声をかけた。それにオリヴィエが答えている。

ギヨーム嬢は、もったいぶった動作で自分の左のレース付け袖を取ると、それをオリヴィエに手渡した。

オリヴィエはそれを恭しく受け取る。

古来この国では、旅に出る男性を女性が見送る際に、旅の安全祈願に自分の身に着けていたものを手渡す習慣がある。

それに倣《なら》ったものだろう。

おそらく、皇帝が旅立つ時には、必ず身分の高い貴婦人が行うのが慣習なのだ。

その役目には、公爵家であり権力のある枢機卿の娘であるギヨーム嬢はふさわしいと言える。

ただの儀礼に過ぎない——けれど、フォスティーヌの胸はひどく掻き乱された。

オリヴィエとギヨーム嬢の姿は、とても様になっていて一幅《いっぷく》の絵のように美しかった。ギヨーム嬢の振る舞いは、生まれながらに上級貴族の家柄に育った者だけが得られる、優美で洗練されたものだった。

「なんてお似合いのお二人だろう……」

フォスティーヌはざわつく胸の内を抑え、じっとオリヴィエの姿を追う。

オリヴィエは騎馬隊に合図し、馬首を返し、移動を開始した。

騎馬隊が一糸乱れぬ動きで、オリヴィエの後に従う。

フォスティーヌはそっと片手を振って、別れを惜しんだ。

と、ギヨーム嬢が、手にしたハンカチを高々と持ち上げ、優美に回したのだ。

彼女が呼びかけたのか、肩越しに振り返ったオリヴィエが、片手を上げてそれに応えたように見えた。

フォスティーヌは思わず目を背けてしまう。

手すりに置いた手に、ぎゅうっと力が籠もった。

このように、籠の鳥のように囚われている自分が、ひどく惨《みじ》めに思えた。

濡れそぼってこそこそと、オリヴィエの姿を追っている自分――。

「う……う」

考えないようにしていたが、オリヴィエが正妃になる人を選ぶ日が程なく訪れよう。おそらく、その最有力候補は、ギヨーム嬢だ。

オリヴィエが結婚してもなお、自分は閉じ込められたまま、オリヴィエの添い寝係をするのか。

あまりに辛い。辛すぎる。

苦しくて目に涙が浮かんでくる。

苦い涙を飲み込み、のろのろと部屋に戻ろうとした。

その時だ。

「ご令嬢、フォスティーヌ殿――」

ベランダの下の中庭の木陰から、呼ぶ声がした。

「え？」

思わず振り返り、手すりから乗り出して覗くと、ぬっと木の下からライナー公爵が姿を現した。

「あ――？」

思わず声を上げてしまうと、ライナー公爵は口の前に指を立てて、静かにという合図をした。

「陛下が留守にする機会を窺っていたのです。フォスティーヌ殿、あなたをお助けしたい」

「私を……？」

ライナー公爵はベランダの下まで来ると、声を潜めて言う。

「あなたはずっとこのまま、陛下の慰みものとして、ここに囲われておられるおつもりですか？」

ずきん、と心臓が抉《えぐ》られるように痛んだ。

慰みもの――。

周囲からはそのように思われているのだ。

若い皇帝が、気まぐれに没落令嬢を閨《ねや》の相手に囲っていると――。

それは、真実かもしれない。

フォスティーヌは今まで、オリヴィエへの恋心に目が眩んで、自分の立ち位置を客観的に見られなかった。

先ほど見たオリヴィエとギヨーム嬢との親密そうな光景の衝撃と相まって、いかに自分の存在がちっぽけなものであるか、やっと理解できた。

頭ががんがん痛み、考えが纏まらない。

「私……は」

言葉が詰まる。

ライナー公爵は性急な声を出した。

「警護兵を買収し、手はずを整えてあります」

彼が手を上げると、数人の侍従が木陰から現れた。彼らは手に組み立て式の梯子《はしご》を持っていた。素早く梯子が組み立てられ、フォスティーヌのいるベランダの上までそれが差し掛けられた。

「屈強な侍従をそちらに上らせます。その者につかまって、下りなさい。私があなたを、屋敷に匿《かくま》いましょう」

フォスティーヌはどうしていいかわからず、逡巡《しゅんじゅん》した。

「でも、でも……私は、オリヴィエ様が……」

「そのままでもよいというのなら、私は二度とあなたに声をかけません。このまま引き上げましょう。しかし、きっとこれが、あなたが自由になれる最後の機会です」

ライナー公爵が追い立てるように声をかけてくる。

「最後……」

その言葉に背中を押されるように、フォスティーヌはふらふらと梯子に近づいた。

今は、オリヴィエの側を離れ、気持ちを整理したかった。だって、またオリヴィエの顔を見れば、恋情に心が弱くなり、彼のいいなりに流されてしまう。

それではいけない。

フォスティーヌは意を決した。

「――ライナー公爵、連れて行ってくださいませ」

ベランダから身を乗り出し、声をかけた。

「承知した」

ライナー公爵が目配せすると、侍従の中で一番体格のよい男が、するすると梯子を上ってきた。彼は太い腕をフォスティーヌに差し出す。

「お嬢様、失礼。どうぞ、しっかり私におつかまりを」

フォスティーヌはその腕にしがみついた。侍従は軽々とフォスティーヌの腰を抱き、梯子を慎重に下りた。

「フォスティーヌ殿」

ライナー公爵が、自分の雨よけマントで素早くフォスティーヌを包んだ。

「さあ急いで。幸い、雨が止《や》みそうだ。裏庭の塀をよじ登り、外に出ましょう。すでに早馬の馬車を待たせてあります」

事態はあっという間に動いた。

フォスティーヌはその侍従に抱かれたまま移動し、侍従たちは素早く組み立て梯子を裏庭の塀に立てかけた。侍従はそのまま塀をよじ上り、フォスティーヌは皇城の裏側に出た。

ライナー公爵の言う通り、そこには四頭立ての馬車が待機していた。

後から侍従の手を借りて梯子を下りてきたライナー公爵が、促《うなが》した。

「急いで、乗りましょう」

彼が馬車の扉を開けて先に乗り込み、フォスティーヌを招き入れた。

二人が乗り込むや否や、馬車は走り出した。

ライナー公爵は、馬車に用意されていた拭き布を差し出した。

「取り合えず、郊外にある私の屋敷に行きましょう。さあ、これで拭って。やれやれ、無事あなたを連れ出せて、よかった」

「ああ……いろいろ、ありがとうございます」

フォスティーヌは濡れたマントを脱ぐと、拭き布で濡れた顔や頭を拭いた。

「こんなにご親切にしていただいて――お礼のしようもありません」

ライナー公爵が首を振る。

「いや、あなたには恩がある。それに、私にも事情があってね」

「事情？」

ライナー公爵は表情を正した。

「フォスティーヌ殿。あなたのお身の上は、承知している。このままでは、あなたは反逆者の出た家系として、一生を日陰で暮らすことになってしまう」

「……日陰……」

それは正しいのかもしれない。

オリヴィエに皇城に呼ばれなかったら、おそらく一生田舎で独り者で生きるか、都会の住み込みの家庭教師にでもなり、孤独に一生を終えただろう。

「それに、陛下はあなたにご執着だ。このままでは、いずれ連れ戻されてしまうかもしれぬ。私はもはや高齢の身なので、陛下のお裁きを受けることになってもかまわぬが、あなたが不憫《ふびん》でならないのだ」

「いえ、それはなりません。あの、どうか私の田舎に送ってくださいませんか？　どのような事態になろうと、公爵様のことはいっさい口にいたしません」

思わず皇城を抜け出てしまったが、このことを知ったオリヴィエが、皇帝のプライドを貶《おとし》められてどれほど怒るかは想像がつく。このままでは、ライナー公爵に迷惑をかけてしまう。フォスティーヌは、自分一人で罰を受けることは構わないと思った。

だがライナー公爵は、言い募る。

「いや、いい方法があるのだよ。あなたと私が結婚すればいい」

フォスティーヌは思いもかけぬ言葉に、目を丸くした。

「えっ、けっ、こん？　ですか？」

ライナー公爵は事もなげにうなずく。

「そうだよ。この国では、貴族の駆け落ち婚はお咎《とが》めなしの決まりだ。だから、あなたが皇城を抜け出したのは、私と駆け落ちしたという形にすれば、いかに皇帝陛下でも手を下せない」

「で、でも、そんな、結婚、なんて……」

「私はあなたを好ましいと思っている。が、もちろん性的な意味合いはないよ。私は数年前に、流行病で妻に先立たれてしまってね。あなたに、公爵夫人の身分を与えて上げたいのだ。そうすれば、あなたは堂々と日の下で暮らしていける」

「そんな……」

「どうぜ私は老い先短いのだ。あなたを救う手段は、これが一番よい。書類上だけでも、結婚してしまわないか？」

「──」

あまりの事態の急展開に、フォスティーヌは呆然とした。

「わ、私……」

口ごもっていると、ライナー公爵は優しげに目を細めた。

「まあ、まず屋敷に到着して落ち着いてから、考えなさい。陛下が首都にお戻りになるまで、数日猶予があるだろう。それまでに、気持ちを決めればよい、だがね、フォスティーヌ」

ふいにライナー公爵の口調が強くなる。

「きっとこれが一番よい解決策だろう──その、あなたには言いにくいのだが──」

「え？」

ライナー公爵はわずかに声を潜めた。

「陛下のご婚約が、内々に進んでいるという。お相手は、ギヨーム枢機卿の一人娘のアニエス嬢ということだ」

「っ――！」

ずしん、と胸の奥に鉛《なまり》を落とし込まれたような気持ちがした。

やはり――。

そういうことだったのか。

所詮、フォスティーヌはオリヴィエの使用人だ。

彼の心身を安らがせるのが、自分の仕事なのだ。それ以上でもそれ以下でもない。

わかっていたことなのだ。

だが、こうやって事実を突きつけられると、心がずたずたに引き裂かれた。

無言でうつむいてしまったフォスティーヌを、ライナー公爵は気遣ったのか、それ以上は声をかけてこなかった。

やがて首都を抜け、郊外の高級住宅地に出た。

一軒の古風な造りの広大な屋敷に前庭に馬車は入り、玄関口に横付けになった。

侍従が外から馬車の扉を開け、先に下りたライナー公爵が、フォスティーヌに手を差し出す。

「さあ、ここが私の屋敷だ。とりあえず、客間でひと休みなさい。後のことは、それから考えればよいことだ」

「はい……」

フォスティーヌはおずおずと馬車を降りた。

侍女に案内され、重厚な雰囲気の屋敷の中央階段を上がり、幾つもある客間の一つに通された。

「お着替えとお茶をお持ちしますので、お待ちください」

そう言い置いて侍女が部屋を出て行くと、フォスティーヌは崩れるようにソファにへたりこんだ。

急転直下の逃亡劇に、精根尽き果ててしまった。

凝った刺繍を施したクッションにもたれ、客間の高価な調度品やカーテンをぼんやりと見回した。

「結婚……」

祖父ほども年の離れた愛してもいない男性と、書類上だけの結婚をするなんて。

けれど、こうしてオリヴィエの元を逃げ出してしまった今、自分に行く場所があるだろうか。

始めは田舎の叔母の元に行こうかと思っていた。が、それではすぐにオリヴィエからの追っ手がつき、親切に面倒を見てくれた叔母に迷惑をかけてしまう。

オリヴィエが自分に執着しているのはわかっている。彼は見つけ次第フォスティーヌを皇城へ連れ戻すだろう。そして、前にも増して厳重に囲われてしまうことだろう。

そうなったら、一生を皇城に閉じ込められて暮らすことになるかもしれない。

オリヴィエが他の女性と結婚しようと、子を成そうと、フォスティーヌはオリヴィエの使用人として、それを側で目の当たりにしていなければならないのだ。

そんなことになるくらいなら、死んだ方がましだった。

愛するオリヴィエの幸せを心から願っている。

でも、その人の心が他の女性に奪われていくのを、平気で見ていられるほど強い人間ではない。

「どうしたらいいの……」

フォスティーヌは頭を抱えた。

それでも、濡れたドレスを着替え、熱いお茶をいただくと、少しだけ元気を取り戻した。

まずはこうして救ってくれたライナー公爵に、きちんとお礼を言わなければ、と思う。

誰か屋敷の使用人を呼ぼうと、客間から廊下に出た。

人の気配がないので、中央階段から一階に下りようと、階段の手すりに手を掛けた時だ。

「では、万事よろしく――私はこれで失礼する。陛下がいつお戻りかわからぬのでな」

聞き覚えのある男のダミ声だ。

フォスティーヌははっと身を硬くした。

陛下の玄関ホールに、真っ赤な法衣服《ほうえ》のギヨーム枢機卿《すうききよう》の姿が現れた。

その後から、見送るようにライナー公爵が出てくる。

「ご心配なきよう、枢機卿殿、私にお任せください」

「うむ、頼むぞ公爵」

ギヨーム枢機卿は、そのまま屋敷を出て行った。

フォスティーヌは脈動が速まる。

どうしてギヨーム枢機卿がここに現れたのだろう。

もしかして、もうフォスティーヌの逃亡がばれてしまったのだろうか。

フォスティーヌが階上に潜んでいることは、ギヨーム枢機卿は気がつかなかったようだ。

ギヨーム枢機卿を見送ったライナー公爵が、そのまま階段を上がってくる気配に、フォスティーヌは足音を忍ばせて、急ぎ元の客間に戻った。

ソファに座ってさりげなく息を整えていると、扉がノックされた。

「フォスティーヌ殿、よろしいかね？」

ライナー公爵の声だ。

「は、はい」

扉が開き、ライナー公爵が入ってきた。

「気分はどうだね？　おや、顔色が悪いようだが」

フォスティーヌはなるだけ平静な声を出そうとする。

「こ、公爵様……今、枢機卿様のお声が聞こえたような気がしました」

ライナー公爵が眉を顰めた。

「む――確かに、今しがた枢機卿猊下《げいか》がおいでになられた――あの方とは、貴族議会議長時代からの友人だからね――実はね」

ライナー公爵が近づいてくる。

「あなたが皇城を逃亡したことが、すでに発覚したようだ。陛下直属の秘書官が必要以上に騒ぎ立てたらしい」

「ジョルジェさんが……」

親切で礼儀正しかった秘書官にも迷惑をかけてしまったと、あらためて思い知る。

ライナー公爵は、フォスティーヌの座っているソファの端に腰を下ろし、秘密めかして言った。

「そのことを、枢機卿が知らせに来たのだ。私に心当たりはないかと。もちろん、あなたのことはひと言もしゃべらなかったね」

「そうでしたか」

フォスティーヌはほっと胸を撫《な》で下ろす。

ライナー公爵がふいに、厳しい顔つきになった。

「だがあなたの件を知らせに、すぐさま陛下の隊列に伝令が走ったそうだ。あなたにご執心の陛下は、半日を置かずして皇城にお戻りになられるかもしれない。こうなっては、時間がない」

ライナー公爵は、懐《ふところ》から折り畳んだ一枚の用紙を取り出した。

「フォスティーヌ、これは結婚誓約書だ。急ぎ、屋敷の弁護士に作らせたのだ」

彼はそれをソファの前のテーブルに広げた。

「結婚誓約書……」

フォスティーヌは目を見開いて、その証書を見た。

ライナー公爵はうなずく。

「とにかく、法律上だけでも結婚してしまわないか？　そうすれば、陛下があなたを無理矢理に連れ戻すことはできない。なにせ、あなたは既婚者になるのだからね」

「――」

フォスティーヌは、自分の意思とは関係なく、なにか大きな運命の波にどんどん押し流されていくような気がした。

まだ頭が混乱している。

けれど、フォスティーヌが逃亡したことを知ったら、オリヴィエが執着心にかられて捜索してくることは想像できた。

もはや婚約が内定されているオリヴィエが、一使用人に執着するのは、彼の評判を落とすだけだろう。

フォスティーヌは十分、オリヴィエへの務めを果たしたと思う。

ここが潮時なのかもしれない。

叶《かな》わぬ恋心を抱いたまま、オリヴィエのそばに仕える辛さを思うと、書類上だけでも既婚者になり、ライナー公爵の好意に甘えて生きる方が気持ちが休まるだろう。田舎の叔母への援助も、ライナー公爵なら快く応じてくれるだろう。

結婚してしまえば、オリヴィエとの思い出を胸に抱いて、遠くから彼の幸せを祈ればいい。なんの憂いもないはずだ。

だが、理性では納得していても、心は痛みを感じるほどに掻き乱される。

フォスティーヌが迷っている様子を見たライナー公爵は、テーブルの上の筆入れから羽ペンを取り、インク壺にペン先を浸した。

「では、先に私の誓約サインだけ書き込んでおこう。ここにこうして誓約書を置いていくから、夕刻まで決心を固めるといい」

彼はすらすらと自分の名前をサインする。

それから、ライナー公爵は励ますように微笑んだ。

「何も心配いらぬ、フォスティーヌ殿。私にすべて、任せておけばいいのだよ」

「……ありがとうございます、いろいろ……」

フォスティーヌはライナー公爵の誠実そうな言葉に、感謝した。

「では、晩餐になったら、侍女が呼びにくるから。その時、ゆっくり今後のことを相談しよう——おそらく、陛下が最速で引き返されても、夜半過ぎだろうから、まだ時間はあるよ」

ライナー公爵は立ち上がり、そのまま客室を出て行った。

一人になると、フォスティーヌは深いため息をついた。

それから、思い切り息を吸い、気持ちを固める。

「オリヴィエ様、愛しています。だからこそ、身を引くのです。どうか、わかってください」

そう口にすると、胸のつかえがいくらか取れるような気がした。

フォスティーヌは羽ペンを取り上げ、結婚証書の自分のサインする箇所を見た。

ライナー公爵のサインの横に、自分のサインをしようとして、ふと、なにかの既視感に襲われる。

「え？　この文字？」

フォスティーヌは、どきんと心臓が震えた。

羽ペンを置き、結婚証書を両手に持って、ライナー公爵のサインを穴が空くほど見つめた。

「これ……この書体……この字……！」

両手がブルブル震え、脈動が速まった。

飾り文字のような特徴的な筆記体に、見覚えがある。

もう、何度となく読み返した、亡き祖父の残した日記帳の中に挟まれていた手紙。

「ベン、君に頼みたいことがある。明日、深夜二時、サモン街の二番地の街角に来てくれたまえ。ビル」

その書跡と文章は、脳裏にくっきりと焼き付いている。

あの手紙の文字とこのライナー公爵の文字が、そっくりなのだ。

「嘘……まさか……」

ウィリアム・ド・ライナーと記された文字を何度も見直す。

そして、はっと気がついた。

「ウィリアムの愛称は、ビル、だわ……！」

フォスティーヌはごくりと唾を飲み込んだ。

「では、では……祖父を誘い出す手紙を書いたのは、ライナー公爵様だというの？」

にわかに信じられず、呆然とした。

だが考えてみれば、祖父とライナー公爵は、ほぼ同年齢だ。

同じ貴族議会の議員同士。

彼らが知り合いだったとしても、なにもおかしくはないのだ。いや、愛称で呼び合う手紙の内容から、友人だった可能性もある。

フォスティーヌは全身から血の気が引いた。

今まで、単純に親切な人だと思い込んでいたが、一介の陛下の使用人にしか過ぎない自分と、オリヴィエの意に逆らってまで結婚しようとするのだろうか。

フォスティーヌは、ライナー公爵の穏やかな表情の裏に隠された、恐ろしい真実に触れたような気がした。

本人は隠居の身で老い先短いと言っていたが、少しも老いさらばえた雰囲気はないし、逆にまだまだ野心に燃えているような活力がある。

「もしかしたら……私が、ド・ブロイ伯爵家の娘だと知って、公爵様は近づいて来たのかもしれない」

その真意はなんだろう？

フォスティーヌは羽ペンを筆入れに戻し、結婚誓約書を裏返しに伏せた。

目を閉じ、何度も息を吐く。

早まってはいけない。

ライナー公爵の本当の目的を探らなければ。

味方とばかり思っていた人物への暗い疑惑に、フォスティーヌは恐《おそ》れ戦《おのの》く。

怖い——けれどいつも自分を守ってくれていたオリヴィエは、ここにはいない。自分一人で立ち向かわねばならない。

フォスティーヌは不安に押しつぶさそうな気持ちに、必死に鞭《むち》打《う》っていた。


——夕刻。

侍女に案内され、一階の食堂へ赴いた。

緊張で息が忙しくなるが、顔には出さないように努める。

皇城と見紛《みまが》うばかりの広々とした豪華な食堂の、長いテーブルの一番向こうに、ライナー公爵が座って待ち受けていた。

「おお、ここに、私のそばにお座りなさい、ご令嬢」

ライナー公爵はにこやかに手招きする。

その優しげな笑顔と仕草に、フォスティーヌは自分の抱いた疑いが間違いかもしれないと思った。

「失礼します」

侍従が椅子を引いてくれ、フォスティーヌはライナー公爵の隣の席に着いた。

「お口に合うかどうかわからぬが、うちの専属料理長は、国でも一、二を争う腕前の持ち主だよ」

ライナー公爵はひどく機嫌がよいようだ。

前菜の皿が運ばれると、ライナー公爵はナプキンを広げながらフォスティーヌに声を弾ませて尋ねた。

「で――サインはし終えたかね？」

フォスティーヌは息をひとつ吸うと、相手の目をまっすぐ見て答えた。

「ライナー公爵様――ほんとうに私には過分なお申し出ですけれど、私――やはり結婚はできません」

「なに？」

銀のフォークを持ったライナー公爵の手が、ぴたりと止まった。

フォスティーヌは脈動が速まったが、なるだけ落ち着いた声を出そうとする。

「没落貴族の娘に、高い身分をくださり、私を自由にしてくれるお気持ちはとてもありがたいです。でも、やはり私は、心から愛する人と結婚したいのです」

「――」

ライナー公爵の目が、皺だらけの顔に埋まるように細められる。みるみる彼が不機嫌そうになるのが、手に取るようにわかった。

フォスティーヌは取り繕うように言い足した。

「あの、ライナー公爵様、お気を悪くされたかもしれませんが、ただ、自分の保身のためにだけ偽装結婚するなんて、道理に外れていると……」

「小賢《こざか》しい口をきく娘だ」

ライナー公爵が、フォスティーヌの言葉を断ち切り、低くドスの利いた声を出した。がらりと声色が変わり、フォスティーヌははっとする。

フォスティーヌは、ライナー公爵の見たこともない冷ややかな表情に、ばくばくと脈動が速まった。

「あの……」

「公爵夫人の地位を与えてやろうというのに、拒むとは、欲のないことだ」

ライナー公爵は、膝の上のナプキンをくしゃくしゃにして、テーブルに放り出した。

「残念だよ、ご令嬢。こんな美味しい話、没落貴族の小娘は飛びつくだろうと思っていたが、計算違いだった」

ライナー公爵は硬い表情のまま、片手をすっと上げた。

すると、食堂のあちこちに潜んでいたらしい、屈強そうな使用人たちがぞろりと姿を現した。

フォスティーヌは彼らに遠巻きに囲まれ、震え上がって声を呑み込む。

「こ、公爵……様……」

ライナー公爵は椅子の背にもたれ、腕組みした。

「ご令嬢。あなたはド・ブロイ伯爵家の最後の生き残りだ。祖父殿の叛逆《はんぎゃく》事件について、なにかあなたしか知らぬことがあるのではないかね？」

その居丈高な態度は、まるで尋問する刑事のようだ。

フォスティーヌは、必死で気持ちを落ち着かせようとした。

怖くて怖くて、足が震えてくる。

けれど、今こそ、祖父の事件の核心に近づいたのだと悟る。

「あの……公爵様は、もしかして、祖父のベンジャミンとお知り合いでしたか？」

ライナー公爵は、ふと、遠い目になる。

「そうだな――ベンとは、政治談義を交わして、一晩中飲み明かしたこともあるな」

フォスティーヌは確信した。

「では……公爵様が、ビル、なのですね？」

びくりとライナー公爵が腕を解いた。

彼の目が鋭くフォスティーヌを睨んでくる。

フォスティーヌはその眼力に怖気《おぞけ》が走ったが、小声だがしっかりした声で言う。

「ベン、君に頼みたいことがある。明日、深夜二時、サモン街の二番地の街角に来てくれたまえ。ビル」

「!?」

ライナー公爵の顔色がさっと青ざめた。

「今、なん、だと？」

腹の底から込み上げる怒りが、フォスティーヌに勇気を与えた。

「公爵様、あなたでしたのね？　私の祖父を陥れ、いわれなき罪を着せたのは。そのために、祖父は獄中で無念の死を遂げ、ド・ブロイ家は没落し、私の両親は苦渋の人生を送ったのです！」

目に悔し涙が浮かんでくる。

ライナー公爵が恐ろしい形相で睨んできたが、フォスティーヌは視線を逸らさなかった。

と、ふいにライナー公爵が肩を震わせて低く笑う。

「くく――これはなんとも、賢く勇気あるご令嬢だ。しかし、小賢しい女は貴族の殿方の好みではありませんぞ。残念ながら、私との結婚話もこれまでだね」

フォスティーヌはきっぱり返す。

「けっこうです。私は今すぐここを、出て行きます」

立ち上がろうとすると、遠巻きでいた使用人たちが、さっとフォスティーヌを取り囲んだ。

ライナー公爵が、にやにやと笑う。

「賢いが、所詮は小娘の浅知恵だ。どうやら真実を知っているあなたを、私が逃すとお思いか？　そもそも、結婚し、あなたをこの屋敷に閉じ込めてから拷問でもなんでもして、あなたがベンのことで知っていそうな事実をすべて吐かせるつもりでいたのだがね」

フォスティーヌは全身の血が凍りつくのを感じた。

「ド・ブロイ家の生き残りの娘が、陛下の身の回り係になったと知ってから、あなたのことをずっと警戒し、近づきになって、見張っていたのだ。いつ、あなたが陛下に事件への疑惑を話すのではないかと、気が気ではなかった。やっと、手中におさめたのだ。逃すものか」

いきなり、使用人たちの一人が、フォスティーヌの腕を掴んで捻《ね》じ上げた。

「あうっ、痛っ……っ」

ぎりっと背中に腕を押し付けられ、フォスティーヌは激痛に悲鳴を上げた。

ライナー公爵は、ゆったりと腕組みをし直し、楽しげに含み笑いする。

「まずは、先ほどの文面の手紙のことについて、洗いざらい話していただこう」

フォスティーヌは身の危険を感じたが、強く首を横に振った。

「誰が、あなたになど……死んでも話さないわ！」

ははは、とライナー公爵が高笑いした。

「これはまた勇ましい。しかし、指の二、三本を折られてからでも、そんな生意気な口がきけるかな？」

「っ……」

恐怖で頭がクラクラして、気が遠くなる。

万事休すだと思った。

けれど、最後まで諦めたくはない。頭を巡らせる。フォスティーヌは必死で時間を稼ごうとした。もしかしたら、オリヴィエが自分を捜させて、捜索の手がここまで及ぶ可能性も、ゼロではないかもしれない。

顔をキッと上げ、ライナー公爵を睨みつけた。

「公爵、私が陛下にすでに疑惑を漏らしていないと、お思いですか？」

ライナー公爵の白い眉が、ぴくりと上がった。

「なに？」

フォスティーヌは余裕のある表情をしようと、必死だった。

「陛下は、祖父の事件を再調査してくださると、お約束してくださいました。私の身の安全も守ると——」

「——」

ライナー公爵が顔を強張らせ、黙り込む。

しかし、彼はすぐに薄ら笑いを浮かべる。

「ほんとうにあなたは賢いな。陛下の威を借りてハッタリまで演じるとは——だが、ここまでだよ。それならそれで、あなたの口を今すぐに封じてしまうまでだ」

フォスティーヌは絶望でかくんと足が萎え、頽《くずお》れそうになった。そこへ、使用人たちが襲いかかって羽交い締めにした。

ライナー公爵が冷酷に命じる。

「地下牢に連れて行け。なあに、頬の二、三発でも張ってやれば、泣きながらなにもかも話すだろうよ」

「かしこまりました」

使用人たちに引き摺られながら、フォスティーヌは恐怖で薄れていく意識の中で、その声を聞いた。

「その通り。私は約束した。その娘を生涯守ると」

凛と張りのある、堂々としたコントラバスの声。

ライナー公爵と使用人たちがぎくりとして動きを止め、その場の空気が一変する。

「泣きながら何もかも話すのは、お前のほうだ。ライナー公爵」

フォスティーヌは一気に我に帰った。

さっと顔を振り向けると、食堂の扉が大きく開き、そこに雨に濡れたマント姿のオリヴィエが立っていた。

フォスティーヌの全身に、安堵《あんど》と歓喜が満ちていく。

「あ、あぁ、オリヴィエ様！」

「もう心配はいらぬ、フォスティーヌ」

オリヴィエが励ますようにうなずいた。

今度はライナー公爵が震え上がる番だった。

彼の顎ががくんと下がり、声が掠れた。

「へ、陛下——ど、どうして、ここに？」

「ほお、どうしてか、知りたいのか？」

オリヴィエは、つかつかとこちらへ歩み寄ってくる。

フォスティーヌを取り押さえていた使用人たちが、蜘蛛《くも》の子を散らすようにぱっと離れた。

フォスティーヌはよろめきながら、かろうじてテーブルに縋《すが》って身を支えた。

素早くオリヴィエの長い腕が伸び、フォスティーヌの腰を力強く抱きかかえる。

「無事か？　フォスティーヌ、怪我はないか？」

心のこもった力強い声に、フォスティーヌはぽろぽろと嬉《うれ》し涙が零れてくる。

「はい……はい、大丈夫です」

オリヴィエはぎゅっとフォスティーヌを引きつけると、彼女を自分の背中に回し、守るような体勢になる。

そして、ぞっとするほど冷酷な眼差しでライナー公爵を睨んだ。

「私は、前々からフォスティーヌの祖父殿の事件を探らせていた。昔のことで、なかなか証拠が見つからなかったが、細い糸を手繰るようにして、あなたと枢機卿に辿《たど》り着《つ》いたのだ」

「枢機卿……？」

フォスティーヌが思わず声を漏らす。

背中を向けたまま、オリヴィエが答える。

「そうだよ。この男は、かつて皇家の転覆を謀り、それが失敗しそうになると、罪をあなたの祖父殿に押し付けた。その後、何食わぬ顔で貴族議会議長を務め、権力を欲していたギヨーム枢機卿と手を組み、再び皇家を滅ぼし、国の政権を一手に握る計画を推し進めていたのだ」

フォスティーヌは恐ろしい計画に、背中がぞっとした。

ライナー公爵の顔は、紙のように真っ白になった。

「そ、それは、誤解です、陛下――私は長年にわたって、皇帝家に敬意を払い務めて参りました。もし、何かしらの陰謀が仕組まれていたとしたら、それは枢機卿がすべて仕組んだことでございます」

彼は弱々しく反論した。

オリヴィエは、低く地を這うような恐ろしい声で答えた。

「ほお。あなたはまた、他の者に罪を押し付け、保身を図ろうと言うのだね。だが、もはやここまでだ、ライナー公爵」

オリヴィエがさっと片手を上げた。

背後から、武装した皇帝直属の兵士たちがどやどやと侵入してきた。見ると、それは今朝、オリヴィエとともに視察に出立した兵士たちであった。彼らの中の一人が進み出て、オリヴィエになにか耳打ちした。

オリヴィエは大きくうなずき、ライナー公爵をはったと睨みつけたまま、厳しい声で告げた。

「ライナー公爵、すでにギヨーム公爵は拘束され、取り調べに対して、洗いざらい白状したとの報告が来ている。すべて、あなたとの共犯であると——あなたを皇家に対する反逆罪で、逮捕する」

ライナー公爵が、ふらふらと頽れた。

「無念——」

彼は床にうずくまり、口惜しげにつぶやく。

オリヴィエは首を巡らせ、兵士たちに命令した。

「連れて行け」

兵士たちが素早くライナー公爵に駆け寄り、引き起こした。

もはや観念しきったのか、彼は抵抗せずに連行される。

ライナー公爵はオリヴィエの脇を通り過ぎる時、ちらりと顔を上げ、つぶやいた。

「完敗です、陛下。あなたの手の平で踊らされていたとは——迂闊《うかつ》だった。それに、そちらのご令嬢、勇気と知恵に満ちていて、内心感服しておりました。さすがに、陛下のお心を射止めた娘だけある」

オリヴィエはわずかに憐憫《れんびん》の色を見せる。

「ライナー公爵、それだけの慧眼があるのに、才を間違った道に使ってしまうとは、私も残念でならぬ。できうれば、あなたと共に、この国をさらに盛り立てていきたかった」

ライナー公爵は、ひどく心打たれた表情になりがっくりとうなだれ、そのまま部屋から連れ出されて行った。

フォスティーヌは全身から力が抜けてしまい、オリヴィエにすがりついていた。まだ両手が小刻みに震えている。

「フォスティーヌ」

オリヴィエの声は厳しいままだ。

「は、はい」

オリヴィエがフォスティーヌ両肩を掴み、ぐっとこちらを向かせた。

「なぜ私から逃げた？　ほんとうに危機一髪だったのだぞ。私はこの屋敷に突入する寸前まで、生きた心地もしなかった」

真摯な瞳に、フォスティーヌは魅入られたように動けない。

「あなたの祖父殿の件も含め、水面下で、密かに枢機卿とライナー公爵の動向は探らせていたのだ。まず、枢機卿から手繰り、先ほど逮捕に至ったので、ライナー公爵を捕縛しようとしていたのに。あなたがライナー公爵と皇城を抜け出したとジョルジェから連絡が来て、私は生まれて初めて、心の底からゾッとした」

「え？　でも、オリヴィエ様は地方視察にお出かけだと――」

「それは、枢機卿とライナー公爵を油断させ、かつ、堂々と兵を引き連れて行けるための手段だった。今日、一気にカタをつけようと、城を出てからは、近くの森で待機していたのだ」

フォスティーヌはため息を吐いた。

「ああ……そういうことだったのですね」

では、出立の際のギヨーム嬢とのやりとりは、枢機卿を油断させるための芝居だったのだろうか。

だが、それにしてはあまりにあの時の二人の様子がお似合いで、心の中のわだかまりは解けなかった。

「で、でも……私はもうお役ご免だと思ったのです……オリヴィエ様には、ふさわしい婚約者がおられると……」

オリヴィエが顔を顰める。

「何の話だ？」

「で、ですから、オリヴィエ様には、内々に婚約のお話が進んでいると――ライナー公爵が
……」

オリヴィエが呆れた表情になる。

「そんなたわ言を信じて、のこのこと屋敷について来たのか、存外、あなたも愚かしいな」

フォスティーヌは恥ずかしさとともに、本気で身を引くつもりだった覚悟を揶揄された口惜しさに、かあっと顔が赤くなった。

「たわ言って……でも、でも、仕方ないでしょう？　オリヴィエ様に私は、ふさわしい女ではないのですから。反逆者を出した没落貴族の娘だったのですよ。いくらお慕いしても、無駄な想いなのですから！」

むきになって口走ってしまってから、あっと声を呑んだ。

オリヴィエが目を見開いた。

その顔から、みるみる厳格さが消えていく。彼の白皙の目の縁が、ほんのりピンク色に染まった。

「な、んだって？」

フォスティーヌは顔を真っ赤に染め、ぷるぷると首を横に振る。

この想いだけは、口にすまいと思っていたのに。

危機一髪を逃れた安堵感《あんどかん》から、つい口が滑ってしまった。

肩を掴んだオリヴィエの手に、力が籠もる。彼の声がかすかに震えていた。

「フォスティーヌ、あなたは――」

　と、背後から、いつの間に入って来たのか、ジョルジェが軽く咳払いし、落ち着いて呼びかけてきた。

「陛下。ライナー公爵は、貴族専用の監獄塔に収監させました。屋敷内の者たちも、全員逮捕済みです――まず、フォスティーヌ様を皇城にお連れし、心身ともに労《ねぎら》って差し上げるのが、先決かと」

　オリヴィエが、はっと我に帰ったような表情になる。

「ああそうだ、その通りだ」

　オリヴィエはふわりとフォスティーヌを横抱きにした。

「あ」

　オリヴィエがフォスティーヌの髪に顔を埋めるようにして、優しくささやく。

「とにかく、あなたを皇城に連れ戻す。よいな？」

「は……い」

　可否もない。

　これまでの経緯があまりに目まぐるしく、もはや気力体力の限界にきていた。

　祖父の無実が晴れた今、逃げる必要もない。

ただ、オリヴィエのそばで安らぎたい。

「連れて行って、ください」

弱々しくオリヴィエの首に手を回そうとして、ついに力尽きた。

フォスティーヌはオリヴィエの腕の中で、すうっと意識を失ってしまったのだ。

第六章　没落令嬢は溺愛される

気だるい眠りの中にいた。

フォスティーヌはゆるゆると目を覚ましていく。

なんだか、長い長い夢の中にでもいたような気持ちだ。

祖父の事件も、両親の死も、皇帝オリヴィエとのことも、ライナー公爵の正体も、なにもかもが夢で、起き上がれば幼いフォスティーヌは、母の膝の上で微睡《まどろ》んでいるのかもしれない。

誰かが優しく髪を撫でている。

「ん……」

ぼんやりと瞼を上げる。

ゆるゆると視力が定まり、見覚えのある皇城の自分の部屋の景色が見えた。

ソファに上に横たわり、なにか温かいものの上に頭を乗せている。

「目を覚ましたか？」

頭の上から、低い声が降ってきた。

「あっ……？」

顔を覗き込んでいるオリヴィエの青い瞳と視線が合い、フォスティーヌは思わず起き上がろうとした。

彼の膝枕で寝ていたのだ。

「いいのだ、このまま休んでおいで」

オリヴィエの腕が、そっと身体を押し戻した。

「で、でも、こんな不敬な……」

オリヴィエが柔和に微笑んだ。

「フォスティーヌ、覚えているか？　私がまだ皇太子の時、こうしてあなたの膝枕で微睡んだことを――」

「え……？」

心臓がどっどっどっと早鐘を打つ。

「あの……まさか……オリヴィエ様、私のこと、覚えていてくださったのですか？」

オリヴィエがひたむきな眼差しで見つめてくる。

「忘れるものか――母の死以来、私に初めて安らかな眠りを与えてくれた美しい少女のことを

「――」

フォスティーヌは、懐かしさと喜びに胸が熱くなる。

「私も……あの時のオリヴィエ様との思い出は、一生の宝物です。あの思い出さえあれば、これからの人生、何があっても生きていける、そう思っていました」

オリヴィエがゆっくり身を屈め、フォスティーヌの額にそっと口づけた。

「もう思い出にしなくていい」

彼はそのまま唇を、フォスティーヌの頬から耳朶に移動させ、消え入りそうな優しい声を耳孔に吹き込んだ。

「これから、ずっと一緒に思い出を作っていくんだ」

「⁉」

「愛している」

「！」

「あなたを、ずっと愛していた」

心臓が跳ね上がり、フォスティーヌは息が止まりそうになり、すぐ前にあるオリヴィエの目を見つめた。

オリヴィエは視線を外さず、ゆっくりと繰り返す。

「愛している、フォスティーヌ」

もはやフォスティーヌは我慢できず、身を捩って起き上がる。

ソファに座り直し、息を必死で整えようとしながら、声を振り絞る。

「これは、夢の続きなの？」

オリヴィエがにこりとして、撫でるようにフォスティーヌの唇に口づけを落とす。そして、小鳥が啄ばむような口づけを繰り返し、真摯な声でささやいた。

「これでも、夢だと？」

「っ……」

フォスティーヌは胸がいっぱいになって、せつなくて嬉しくて、大声で泣きたい気持ちだった。

信じられない。

皇太子時代から、オリヴィエがずっと自分のことを想っていてくれたなんて。

なぜ？　どうして？　聞きただしたい。

けれど、はやる気持ちを必死に抑え、ごくりと唾を飲み込むと、彼の視線をまっすぐ捕らえて絞り出すように声を出した。

「オリヴィエ様、私も……ずっとお慕いしておりました。オリヴィエ様を愛しています」

オリヴィエの青い目が潤んで揺れる。

彼は両手を伸ばし、フォスティーヌの顔を包み込んだ。

その温かな手の平が、かすかに震えているようだ。

「ほんとうか？　あなたも、私を？　皇帝だからという、敬愛の気持ちではないのだね？」

こんな自信なげなオリヴィエは、初めて見た。

なんだか初心な少年のようで、微笑ましい。

フォスティーヌは今度はきっぱりと答えた。

「一人の男性として、オリヴィエ様を愛しております」

オリヴィエの喉が、ぐうっと小さく鳴る。

彼は込み上げてくるのものを抑え、呻くような声を出す。

「私もだ。一人の女性として、あなたを、フォスティーヌを愛している」

彼は大きく息を吐き、一気呵成《いっきかせい》というように言葉を紡いだ。

「皇太子の頃から、私の生涯の女性はあなたしかいないと決めていた。行方知れずのあなたを捜し当て、叔母上の了解を得て、この城に呼び寄せた。だが、あなたの家系には反逆者を出したという過去の汚名がある。あなた自身が生まれる前の出来事に責任はない。が、それでも、周囲の保守的な臣下たちのことを考えると、すぐにはあなたに気持ちを打ち明けることはできなかった。私自身が納得のいくように、あの事件を調べ尽くし、その後、あなたをどういう手段を使って皇妃とできるか、考えようと思っていた――それまでは、ずっと私の手元に置いて、誰にも触れさせぬように、守ろうと思っていたのだ」

「そんなにも、私のことを……?」

偶然が重なって、オリヴィエの添い寝係になったのだと思っていたが、本当はオリヴィエの張った蜘蛛の巣に、やんわりと捕らえられていたのだ。

「でも、私が……皇妃なんて、身に余ります」

愛されていることは至福だが、あまりに身分が違いすぎると、恐れをなしてしまう。

だが、オリヴィエは力強く言う。

「あなた以外、生涯の連れ合いは考えられない。あなたとの刺激的な会話、あなたとの安らぎの時間、あなたと笑ったり、時には言い争ったり――なにもかもが、私には必要だ。そうだ、フォスティーヌ、あなたしかいない。そのためには、私はどんなことだってする。あなたを妻にし、全力であなたを守る。この世のすべてのものと引き換えにしても、あなたを手に入れたい」

オリヴィエは、息継ぎを一つした。

おもむろに彼はフォスティーヌの顔から手を離し、少し身を引き、彼女の右手を恭しく取った。

そして、フォスティーヌの甲にそっと唇を押し付けた。彼の唇は、驚くほど熱を持っている。

彼は顔を伏せたまま、せつないくらい誠実な声で言った。

「どうか、私の妻になってほしい」

「……オリヴィエ様」

フォスティーヌは全身に溢れてくる歓喜とともに、大きな勇気が腹の底から込み上げてくるのを感じた。

もう、恐れまい。

オリヴィエが一緒なら、どんな困難でも乗り越えて行ける。

けっして、逃げない。

フォスティーヌは、オリヴィエの艶やかな髪に左手を置き、心を込めて言った。

「はい――オリヴィエ様。お受けします」

オリヴィエが、ぱっと顔を上げる。

彼の目が輝き、開けっぴろげな笑顔を浮かべた。

「ああ――！　フォスティーヌ」

「オリヴィエ様」

もはや、二人の間に言葉はいらない。

二人は感情を込めて見つめ合った。

オリヴィエが両手を広げ、フォスティーヌを胸に抱き込んでくる。

広い胸に顔を押し付けると、オリヴィエの少し速めの力強い鼓動が感じられ、安らぎと愛される喜びをしみじみと味わう。

オリヴィエが髪を撫で、そこに口づけし、優しくささやく。

「愛してる——愛している」

そっと顎に手がかかり、顔を上に向かされる。

愛おしげに見下ろしてくるオリヴィエの顔に、うっとりと見惚れてしまう。その美麗な顔が寄せられて、唇を塞がれた。

「ん……ん」

しっとりとした優しい口づけに、心臓がドキドキいう。まるで、初めて口づけられたみたいい、身体中が熱くなった。

何度も触れるだけの口づけを繰り返され、背中が甘く痺れてくる。官能の悦びがじわりと下腹部の奥から滲《にじ》み出し、気持ちが昂ぶってくる。

わずかに顔を離したオリヴィエが、頬を紅潮させたフォスティーヌの顔を覗き込み、慈愛に満ちた声でささやく。

「もっと、欲しいか？」

フォスティーヌは耳朶まで血を上らせ、恥ずかしげにコクリとうなずいた。

「望みのままに、与えよう」

艶めいたコントラバスの声に、うなじが羽毛で撫でられたみたいにぶるっと震えた。

再び唇を覆われると、濡れた長い舌が唇を押し割り、中に侵入してくる。

「ん、ぅ、んぅ……っ」

唇の裏から歯列、口蓋まで、ぬるぬるとゆっくりオリヴィエの舌が這い回る。

「ふぁ……ん、は、んんぅ……」

柔らかな舌の動きなのに、あっという間に身体に欲情の火が広がって、熱く燃え上がっていくような気がした。

オリヴィエの舌が、そっとフォスティーヌの舌に絡んでくると、腰が悩ましくびくびくうごめいてしまう。

ちゅっと音を立てて唇を離したオリヴィエが、妖艶に微笑む。

「どうした？　身体が熱いぞ。もっと、淫らにしてほしいのか？」

その色っぽい表情にすら、ぞくりと甘く感じ入ってしまう。けれど、まだ羞恥心が勝り、目線を逸らして首を横に振る。

「そ、そんなこと……」

「ここは、どうだ？」

ドレスの上から、そっと胸の膨らみに触れられる。

「あっ」

ドレスの内側でツンと尖り始めていた乳首が刺激され、思わず悩ましい声を上げてしまった。

大きな手の平が、乳房を包み込むように優しく揉みしだいてきた。

「ぁ……ん、ぁ……」

甘い疼きが全身に広がっていく。

もっと触れてほしい、自ら身体を擦り付けたい衝動にかられ、フォスティーヌはさらに脈動が速まるのを感じた。

「息が乱れているぞ——もっと触れてほしいのだろう？」

オリヴィエが意地悪い声を出し、フォスティーヌの首筋に口づけを落としてきた。

「あ……ん、ん」

彼の熱い息が肌にかかるだけで、じんと身体の芯が震える。

オリヴィエは、首筋からゆっくりと舌を這い下ろし、肩甲骨の窪《くぼ》みまで丁重に舐め回し、襟ぐりの深い胸元から覗く乳房の狭間に移動する。

「……んぅ、あ、ぁ……」

オリヴィエが触れてくると、肌が灼けつくように熱くなる。

彼の舌先が、服地の上から硬く凝った乳首を探り当て、そこを舐め回すと、じくじくした淫らな疼きが増幅して、きゅーんと子宮の奥が痺れた。

唾液で濡れた服地の下から、くっきりといやらしく乳首が浮き出してくる。

オリヴィエが布地越しにくっと、乳首を甘噛みしてきた。

じりっと痺れる快感に、びくりと身体が引き攣った。

「や、噛まないで……ください」

フォスティーヌはいやいやと首を振る。

「どうしてだ？　感じてしまうからか？　もっと、してほしくなるからか？」

濡れた舌を突き出したオリヴィエの顔つきは、美しい獣のように危険な匂いがした。

「ちが……ぅ、そんなこと……あ、ぁあ……ん」

きゅっと再び乳首を噛まれ、痛みが生み出す倒錯した喜悦に、媚肉がひくひくとうごめき、とろりと恥ずかしい蜜を吐き出すのがわかった。

オリヴィエはフォスティーヌの背中をソファの背もたれに押し付け、両手でドレスの胴衣を留めているリボンを、次々に解いていく。

そのかすかなしゅるしゅるという音にすら、恥ずかしいほど感じ入って、隘路《あいろ》が疼いた。

リボンが全部解《ほど》かれ、秘密の扉が開かれるみたいに胴衣が左右に開き、オリヴィエは乳房を包んでいるシュミーズを素早く引き下ろした。

「ぁ……」

ふるん、と真っ白な乳房がこぼれ出て、外気に触れた肌に、さっと鳥肌が立った。

「美しい……」

オリヴィエが乳房を掬い上げるように両手で掴み、寄せられた赤い頂きを啄《ついば》んだ。

「んぅ、あ、はぁ……ぁ、あ」

鋭敏に尖った乳首が、濡れた舌先で転がされ、時折ちゅうっと吸い上げられると、下腹部に痛いほどの刺激が走り、せつなくてたまらなくなる。

フォスティーヌが猥りがましい鼻声を漏らし始めると、オリヴィエの舌はますます執拗に疼き上がった乳首を舐め回してくる。

「……は、あ、やめ……ぁ、んん……」

頬を上気させて身悶えすると、オリヴィエが乳房の狭間から熱っぽい眼差しで見上げてきた。

「どうだ？　もっと、もっとか？」

「んぁ、や、そんなこと……」

ほんとうは、媚肉が熱くて飢えてたまらなくなっていたが、わずかに残る羞恥が、望みを口にすることを阻んだ。

「まだ言えないか？　では、もっとだな」

オリヴィエは、片手でフォスティーヌのスカートを大きく捲り上げた。もう片方の手は、鋭敏な乳首をくりくりと擦り続ける。

「あっ」

下穿きを引き下ろされ、下腹部が剥き出しになってしまう。

「んぁ、や、だめ……」

秘裂がすっかり濡れ果てているのが恥ずかしくて、思わず太腿を綴《と》じ合《あわ》せようとしたが、オリヴィエは片手でやすやすと両足を押し開き、花弁に指を這わせてきた。

「あっ、あ」

長い指が粘膜をぬるぬると撫でてくる。

甘美な快感に、びくびくと背中が震えた。

「ああもうすっかり、濡れている。可愛い。あなたが私の舌や指で、どんどん淫らになっていくのが、可愛くてしかたないよ。もっと、もっと、乱してあげたくなる」

オリヴィエはぐぷりと陰唇を押し開き、熱く潤った蜜口を掻き回す。

「んぅ、あ、は、はぁ、あ、だめ、そんなにいじらないで、あ、あぁ……」

的確に感じやすい箇所を攻められて、オリヴィエは白い喉を仰け反らせて喘いだ。

「あなたのここが、指にまとわりついてくる。蜜がどんどん溢れて、甘酸っぱい匂いがしてきたよ」

「いやぁ、そんなこと、言わないで……あ、あぁ、はぁ……ん」

恥ずかしくてたまらないのに、腰をもっと刺激を求めるみたいにくねらせながら、前に突き出してしまう。

指を二本に増やしたオリヴィエは、うねる膣襞を押し開くようにして、ぐちゅぐちゅと淫らな音を立てて掻き回してきた。

「んあ、あ、は、だめ……あ、だめ、そんなに、しちゃ……ぁ」

蜜口の浅瀬を存分に刺激され、隘路の奥が焦れて飢えて、ねだるように蠕動する。

「もう、欲しくてどうしようもないようだ。顔が薔薇色に染まって、いやらしい表情になっている」

オリヴィエが意地悪い声を出した。

「あ、いや、見ないで……っ」

フォスティーヌは思わず両手で顔を覆ってしまう。今自分がどんなに浅ましい表情をしているかと思うと、恥ずかしさと官能の欲求で、頭がクラクラした。

「ふふ――そうやって恥じらうあなたがとてもそそる。でも、あなたをもっと解放したい。だから――」

オリヴィエはフォスティーヌの細腰を抱えて抱き起こすと、くるりと裏返しにし、ソファにうつ伏せにした。

「あっ」

そのまま、尻を高々と持ち上げる姿勢にさせられた。

「や……っ」

オリヴィエからは、とろとろに蕩けきってひくつく秘裂が丸見えだろう。

「あなたの秘所が、真っ赤に熟れて濡れ光っている。蜜を吸う蝶《ちょう》を待つ花のようだ」

オリヴィエが謳《うた》うようにつぶやき、熱い息が秘裂にかかった。すぐに、ねっとりと熱いものが、秘肉を這い回ってきた。

「はあっ、あ」

むず痒《がゆ》い疼きと快感に襲われ、フォスティーヌはびくんと腰を跳ね上げてしまう。

オリヴィエの舌が、愛蜜に濡れた媚肉を舐め回してきたのだ。

「んぅ、あ、や……は、はぁ、あぁ……」

悶《もだ》える表情をオリヴィエに見られない安堵感と、ひくつく後孔まで丸見えに晒している羞恥心が、ぞくぞくするほどの愉悦を生み出し、全身に広がっていく。

「ああ、あなたの甘露《かんろ》は美味だ――どこもかしこも、味わい尽くしたい」

ぴちゃぴちゃと卑猥な音を立てて、オリヴィエは熟れた花弁を舐め回し、いやらしく膨れた秘玉を舌先で突つく。

「……く、ぅ、はぁ、あぁ、だめ、あぁ、そんなにしちゃ、あぁ、感じちゃう……っ」

フォスティーヌはぎゅっと目を瞑り、ソファに顔を押し付けていやいやと首を振る。

「感じていい。もっと感じて。私を感じて、気持ちよくなって、欲望に素直になれ」

オリヴィエは容赦なく、鋭敏な秘玉を咥え込み、ちゅうっと音を立てて吸い上げ、花芯を舌で押し回すようにして、刺激してくる。

「あ、ひぅ、あ、はぁ、あ、だめ、あ、ぁあ、はぁ……」

オリヴィエの舌がひらめくたびに、激しい愉悦で頭が真っ白に染まっていく。

そして、さらにいやらしくしてほしいみたいに、尻がくねってしまう。それが恥ずかしくてたまらないのに、止められない。

「……んぅ、あ、お願い……あ、も、許し……あぁ、だめ、だめ、だからぁ……っ」

切羽詰まった声で懇願《こんがん》するが、オリヴィエの口淫は止まらず、舌先で包皮を剥き下ろした花芯を扱くように吸い上げ、一方で節くれだった指がひくつく媚肉の浅瀬を掻き回してくる。

下肢が溶けてしまいそうな愉悦に、全身が強張ってくる。ぎゅっと拳を握りしめて耐えようとしたが、内壁が快感にきつく収斂し、深い悦楽に我を忘れてしまう。

「あ、あ、あ、ひぅ、あ、だめ、も、あ、も、達っちゃ……達っちゃう……っ」

フォスティーヌは大きく口を開き、がくがくと腰を引き攣らせた。

「はぁっ、あ、あぁ、だめ、あ、あ、いやぁ、あぁぁあっ」

悦楽の奔流に、理性は押し流され、ただ快感だけを貪ってしまう。

絶頂が数秒続き息が止まる。直後、がくりと全身の力が抜け、呼吸が戻ってくる。

「……はあ、は、あ……ぁ……はぁ……ぁ」

肩を震わせて息を整えていると、ひくひくと収斂する淫襞に、オリヴィエの長い指が押し入ってくる。

「んんぅ、うぁあ」

秘玉で達したばかりだというのに、まだ満たされていない蜜壷は、せつなくオリヴィエの指を締め付ける。

硬く長い指が奥へ突き入れられ、焦らすみたいにそこで止まる。どうしようもなく、焦れた飢えが襲ってくる。

「あ、はぁ、や……あ、お願い……どうか……オリヴィエ様……ぁ」

それ以上は口にできず、ただもじもじと尻をうごめかした。

「何が欲しい？　どうして欲しい？　フォスティーヌ、可愛いフォスティーヌ。正直に言ってごらん」

オリヴィエがくぐもった低い声を出し、入れた指で内壁をかすかに揺さぶる。

「んんふ、ふぁ、あ、はぁ、もっと……」

最後まで満たしてほしい欲求で、思わず声を上げてしまう。

オリヴィエの指の動きがぴたりと止まる。

「ん？　もっと——？」

誘うように、妖艶な声が耳を犯す。

「……うぁ、あ、ひどい……こんなの……あぁ、辛い……」

飢えきった濡れ襞がざわつき、フォスティーヌは口惜しさに目尻に淫らな涙を溜めてしまう。

「言ってごらん。楽になるから。素直に。あなたの欲しいものを、与えよう」

このまま放置されたら、淫らな欲望の逃しどころがなくて、おかしくなってしまう。

フォスティーヌは、逼迫《ひっぱく》した声を振り絞った。

「……ぅう……ぁ、ぁあ、オリヴィエ様が……オリヴィエ様の……」

オリヴィエが息を潜めて、次の言葉を待ち受けている気配がする。

「……欲しい……オリヴィエ様のもので、私を……満たして……どうか……挿入《い》れて……挿入れてください……っ」

フォスティーヌは求めるように尻を突き出し、止むに止まれぬ衝動に駆られて叫んでいた。

「フォスティーヌ、あなたの望みを叶えよう」

ぬるりと指が引き抜かれ、背後で衣擦れの音がした。

すぐに、ほころんだ花弁に、熱く硬い切っ先が押し当てられた。

「はあっ、あ、あぁあぁっ」

ずぶりと、脈動する屹立が押し入ってきた。

「ああーっ……っ」

一瞬で絶頂に飛んでしまい、フォスティーヌ仰け反りながらソファの縁をぎゅっと掴んだ。

「ああ、熱くて締まる。最高だ、愛しいフォスティーヌ」

オリヴィエが低く唸《うな》り、最奥まで突き上げた肉棒を、勢いよく亀頭の括れまで引き抜き、再びずん、と深く抉ってくる。

「ひあっ、あ、あぁあ、あ、深い……っ」

子宮口まで挿入され、激烈な快感で目の前が真っ白になる。

息が止まりそうなほどの衝撃に、思わず腰が引けそうになるが、オリヴィエがすかさずフォスティーヌの尻肉を両手で掴み、手元に引き寄せた。

「あ、ああっ、あ、奥……あぁっ」

恐ろしいほどの快感が下腹部全体を襲い、フォスティーヌは悲鳴のような嬌声を上げた。

「やあ、怖い……だめ、やめ……てぇ」

だが、オリヴィエの肉塊を受け入れた内壁は、歓喜しさらに誘い込むようにぎゅうぎゅうと締め付けてしまう。

「く――すごい締め付けだ。フォスティーヌ、押し出されてしまう」

オリヴィエがくるおしげなため息を漏らし、強くイキむフォスティーヌの蜜壺の勢いに負けじとばかり、がつがつと腰を打ち付けてきた。

「あ、あはぁ、あ、だめ、あ、達く、あ、も、達っちゃうっ」

フォスティーヌはぶるぶると身を震わせ、繰り返し絶頂に追い上げられる。

目も眩むような快感が、何度も上書きされ、少しも終わることがない。

「やぁ、だめ、もう、達ったの、達ったから……あ、あぁ、あああぁっ」

腰が大きく跳ね、四肢がぴーんと突っ張った。

「だめ、もう……許して……あ、あぁ、あぁあ……っ」

息も絶え絶えになって懇願するフォスティーヌを、オリヴィエはさらに容赦なく揺さぶった。

「や……あ、奥、あ、当たる……当たるの……あ、あぁっ」

びくびくと背中を震わせながら、フォスティーヌは今まで経験したことのない、さらに深い悦楽の予感に、甘く啜り泣いた。

「奥がよいのか？　何が当たる？　言ってごらん」

オリヴィエはぐりぐりと腰を押し回すような動きで、最奥を掻き回し、乱れた息の間から、掠れた声で追い立ててくる。

「ん、んぁ、あ、オリヴィエ様の、太くて、硬いのが、当たるの、ごりごりって……あぁ、たまらない、おかしくなって、あぁ、すごく……いい、気持ち、いい……っ」

フォスティーヌはもはや、快楽を貪る一匹の雌に成り果てて、自ら尻を突き出し、さらなる快感を得ようとしてしまう。

「んんぅ、あ、いいの、あ、もっと、あ、もっと……ぉ」

「ここか？　ここがよいのだろう？」

「あ、そこ、あ、そこが……あぁ、すごい、すごくて……あ、あぁあぁっ」

この頃、奥の挿入だけで、ひどく感じるようになってしまっていた。

深く抉られ、捏ね回され、揺さぶられ、我を忘れて快感を貪ってしまう。奥で感じ始めると、自分でもどうすることもできない衝動に翻弄されてしまう。

オリヴィエと深く繋がったまま、世界中に自分の心が解放されていくような爽快感すらある。

「ああ、素直に感じるあなたも、なんて可愛いのだろう。愛している、たまらない、フォスティーヌ、愛しているよ」

オリヴィエは陶酔した声を出し、さらに律動を速めていく。

フォスティーヌは、絶頂の最後の大波に意識を攫われていく。

「ん、んぅ、あ、あ、来る……っ、あ、も、だめ、あ、い……達っちゃ、う……あ、あぁ――あ、はあああっ……っ」

瞼の裏で官能の火花がばちばちと弾け、全身で強くイキんだ。内壁がぎゅうっと絞るようにオリヴィエの肉胴を締め上げる。

「くっ――」

オリヴィエがくるおしい呻き声を漏らす。

うねうね蠕動する熟れ襞の中で、脈動がどくんと、一回り大きく膨れる。だが、彼はそこで危うく吐精を耐えた。

「はぁっ、あ、ぁ……っ」

先に達したフォスティーヌは、ぐたりとソファにうつぶせに倒れ、もはや声も嗄れ果て、赤い唇を半開きにしてはあはあと荒い呼吸を繰り返した。

すると、脱力してほどけかけた濡れ襞が、再びやわやわとうごめいて、オリヴィエの欲望に吸い付いてさらに奥へ引き込もうとする。

するとくっきりと硬い肉茎の造型が感じられて、新たな快感の波が押し寄せてくる。

「あ、あぁん、んんっ」

我ながらなんて貪欲なんだろうとぼんやり思いつつも、オリヴィエがもっと欲しくて、もっと愛したくて、たまらない。

「ふ――フォスティーヌ、もう、もたぬ。達《い》くぞ、もう――」

オリヴィエが小刻みに腰を打ち付けながら、ささやく。

「あ、はあ、来て……あ、ください、いっぱい……」

フォスティーヌは息も絶え絶えに答え、再び快感を極めた。

オリヴィエがぶるりと大きく胴震いし、思いの丈を最奥に吐き出した。

「は……ぁ、あ、ぁあっ」

今度はほぼ同時に達し、フォスティーヌは満たされきって、がくがくと全身を慄かせた。

「――ああ」

オリヴィエが大きく息を吐き、動きを止めた。

フォスティーヌはぐったりと脱力し、忙しない呼吸を繰り返しながら、じわじわと引いていく官能の余韻に浸っていた。

彼の大きな手が、汗ばんだフォスティーヌの尻や背中を撫で回し、乱れた髪をそっと撫で付ける。

「とても感じていたね――あなたがよいと、私もとてもよい――愛する人と身も心もひとつになって快楽を極めるのが、こんなにも素晴らしいと、教えてくれたのはあなただ」

フォスティーヌは胸が甘く痺れ、顔だけ起こして、オリヴィエの手に頬を擦り付けた。

「私も……男性と愛し合う行為が、このように心地よく奥深いものだと、初めて知りました」

オリヴィエが艶めいた笑顔を浮かべる。

「そう、今までも、これからも――」

オリヴィエがゆっくり顔を寄せてきて、唇を優しく塞ぐ。

「ん……」

彼の濡れた舌の感触に、ぞくりと背中が震え、受け入れるようにそっと唇を開く。

「んぅ……ふ、ん……」

互いの想いを伝えるかのように、きつく時に柔らかく舌が絡み合う。

そっと唇を離したオリヴィエが、密やかな声を出す。

「もっと――欲しいか？」

フォスティーヌは頬をぽっと染め、おずおずとうなずいた。

オリヴィエがにこりとする。

彼はまだ繋がったまま、フォスティーヌの腰を抱いてこちら向きにさせた。

「あ……ん」

まだ半勃ちの陰茎が、熱を持った媚肉をぐるりと搔き回し、思わず悩ましい声を漏らしてしまう。

「このまま、ベッドでもう一度愛し合おう」

オリヴィエがフォスティーヌを抱いたまま、立ち上がった。

「んぁっ、あ？」

反射的にオリヴィエの首に両手でしがみついた。密着した粘膜の中で、オリヴィエの欲望がむくむくと勢いを取り戻すのがわかる。

「ふふ――私もまだまだ、あなたが欲しい」

オリヴィエは妖艶な笑みを浮かべ、そのままゆっくりと寝室に歩いて行った。

最終章

――その後。

フォスティーヌの隠し持っていた祖父の日記の中の手紙の証拠などから、かつて皇家への叛逆を企てた中心人物は、ライナー公爵であることが証明された。

すっかり観念したのか、逮捕されたライナー公爵は、すべての罪を認めた。

先代の皇帝時代、貴族議会を牛耳っていたライナー公爵は、権力欲に取《と》り憑《つ》かれ、皇家を転覆させるべく謀っていた。

だが、それが露見しそうになり、罪を友人であるド・ブロイ伯爵に被《かぶ》せ、彼を主犯として警察に密告したのだ。

うまうまと罪を逃れたライナー公爵は、長年密かに野望を燃やし続け、同じように権力欲に目が眩んだギヨーム枢機卿と手を組んだ。

唯一のド・ブロイ伯爵家の生き残りのフォスティーヌの存在は、ライナー公爵には脅威だった。

なぜなら、現皇帝オリヴィエが、フォスティーヌを自分の側に呼び寄せ、彼女にまつわる過去の事件を密かに調べさせているという情報を得たからだ。

そこで彼は、フォスティーヌに近づき、祖父が孫娘になにか無実の証拠を託していないか、探ろうとしたのだった。

かくして、ライナー公爵とギヨーム枢機卿は貴族議会を追放され、裁判にかけられた。

ライナー公爵は高齢ゆえ監獄行きは免れたが、すべての身分財産を剥奪《はくだつ》され、国を追放された。

ギヨーム枢機卿は、貴族用の牢獄《ろうごく》で終身刑に服することとなった。

枢機卿の妻や娘たちを含むギヨーム公爵家の者たちは、密かに外国へ逃れて行った。

そして、ド・ブロイ伯爵家は名誉回復され、祖父の時代に剥奪された屋敷や領地を返還されることとなった。

フォスティーヌはド・ブロイ伯爵家の爵位を継ぐことになり、伯爵令嬢の身分に戻った。

ついに、フォスティーヌの悲願だったド・ブロイ伯爵家の汚名は、ここに晴らされたのである。

半年後。

オリヴィエは、ド・ブロイ伯爵家の一人娘フォスティーヌとの婚約を発表した。

その年末、二人の結婚式が首都の大聖堂で、華々しく執り行われた。

艶やかな黒髪を綺麗に撫で付け、すらりとした体躯《たいく》を真っ白な軍服風の礼装に身を包んだオリヴィエは、いつにも増してその美貌を際立たせていた。

そして。

花嫁となるフォスティーヌは、世界で一番幸福に輝いていた。

古代神話風のシンプルだが流れるようなドレープの純白のウェディングドレスは、メリハリのあるフォスティーヌの身体の線をこの上なく引き立てた。

何メートルも後ろに裾を引く手織りのレースのヴェールの下には、息を呑むほど整った端麗な顔立ち。ふさふさした金髪を背中に長く垂らし、エメラルド色の目は宝石のようにキラキラ光り、ほんとうに神話の中の美の女神そのものだった。

あまりにも絵のように美しくて、その後は、若い乙女たちの間では、フォスティーヌにあやかろうと、無理なダイエットは廃れ、ゆったりとした古代神話風のドレスが大流行したくらいだ。

大聖堂の参列者の席の最前列には、先代から忠義を尽くしている秘書官のジョルジェや、フォスティーヌの叔母であるアルノー子爵未亡人の姿もあり、二人は目を潤ませ、新郎新婦の幸せそうな姿に惜しみない拍手を送っていた。

若く美麗な皇帝夫妻の姿は、参列者はもちろん、お披露目《ひろめ》の馬車の行列を見ようと沿道に集まった民たち全員を魅了した。

賛辞と祝福の歓喜の声の嵐の中、無蓋の金色の馬車に乗った皇帝夫妻は、にこやかに沿道に手を振りつつ、時折愛おしげに見つめ合っては、軽い口づけを交わし、さらに人々の喝采《かっさい》を浴びたのである。

お披露目パレードの後、皇城ではお祝いの晩餐会《ばんさんかい》と祝賀会が開かれ、華やかで賑やかな祝いの宴が一晩中催された。

玉座に並んだ皇帝夫妻の姿は、仲睦《むつ》まじい中にも気品と知性が感じられ、この二人ならば皇国の未来は明るく栄えるだろうと、誰しもが確信したのだ。

「あ……オリヴィエ様、このままではドレスがくしゃくしゃに……」

夜明け前、やっとすべての祝賀行事から解放された皇帝夫妻は、皇城の奥の皇帝家のプライベートエリアに、新たに増設された夫婦の寝室に引き取っていた。

寝室の入り口で、オリヴィエはまだウェディングドレス姿のフォスティーヌを横抱きにして、中へ入った。そして、そのままベッドに押し倒して、覆い被さってきたのだ。

フォスティーヌは両手で、オリヴィエの胸を押し返そうとした。

「今日は一日、行事続きで汗もかいております。まず、湯浴みをして……」

「かまわぬ——もう待てない」

オリヴィエは、フォスティーヌの上に馬乗りになって、両膝で彼女の身体を押さえつけ、自分の礼装をどんどん脱いでいく。

「あ……」

薄明かりの中に浮かび上がる、オリヴィエの引き締まった体躯の美しさに、フォスティーヌは思わず見惚れて声を失う。

その隙に、オリヴィエはのしかかってきて、フォスティーヌのほっそりした首筋に顔を埋め、耳朶の後ろをちろちろと舐めてきた。

「あっ、あ……ん」

そこを愛撫されると、フォスティーヌはみるみる身体の力が抜けて、抵抗する気力が失われてしまう。

「んぁ、あ、だめ……」

いやいやと首を振りながらも、オリヴィエの舌が耳殻《じかく》を辿り、耳孔の奥までねっとりと舐め回してくると、甘い刺激に腰が艶めかしく揺らめいた。

フォスティーヌのその様子に、オリヴィエは妖艶にほくそ笑む。

彼は素早くウェディングドレスの裾を捲り上げ、絹のストッキングに包まれた足を撫でさすり、そのまま太腿をさわさわと揉んでくる。

「……ん、ぁ、ぁあ……」

核心部分にほど近い内腿を、焦らすみたいに撫でられると、下腹部の奥がとろりと甘く蕩けて、淫らな刺激が秘められた箇所を疼かせる。

「あ、あ、だめ、オリヴィエ様、濡れちゃう……」

オリヴィエに愛撫されると、あっという間に愛蜜が溢れてくる。美しいドレスを汚したくない一心で、恥ずかしいセリフを口にしたのに、逆にオリヴィエの劣情を煽る結果になった。

「ふふ、もうそんなに濡れてしまったのか？　見せてごらん」

「あっ」

オリヴィエがばっと身を起こし、さらにスカートをたくし上げ、フォスティーヌのすらりとした両足を掴んで立膝にさせ、そこに顔を潜り込ませてきた。

するりと下穿きが押し下げられ、薄い茂みにオリヴィエの熱い息がかかる。

「あ、やあっ」

腰を引こうとするより早く、ぬるりと秘裂を割れ目に沿って舐められてしまう。

「ひぁう」

淫らな刺激に腰がびくりと浮く。

「ああよく濡れている。蜜がどんどん溢れて、甘酸っぱい匂いがぷんぷんするよ」

くぐもった声を出し、オリヴィエはそのまま陰核を咥え込み、鋭敏な肉粒を舌先で転がしてきた。

「はぁあ、あ、あぁあっ」

びりびりと雷に打たれたような快感が、子宮の奥で爆《は》ぜ、フォスティーヌは背中を仰け反らせて甘く喘いだ。

オリヴィエは優しく花芽を吸い上げながら、とろとろに蕩けた媚肉の狭間に指を突き入れて、ぐちゅぐちゅと卑猥な音を立てて掻き回してきた。

「んっ、はぁ、だめ、あ、そんなに、しちゃぁ……あ、も、早い……もう、達く……っ」

両足から力が抜け、オリヴィエを誘うみたいに勝手に大きく開いてしまう。

ちゅううっと、いやらしい音を立ててひときわ強く秘玉を吸い上げられた。

「あ、あぁ、あああぁっ」

フォスティーヌは甲高い嬌声を上げ、四肢を突っ張らせて絶頂に達してしまう。

「……はぁ、は、あ、ぁ……ぁ」

かくんとフォスティーヌの全身の力が抜けると、オリヴィエが切羽詰まったような顔で身を起こした。

「可愛い——愛しいフォスティーヌ、すぐに欲しい、あなたが」

彼の股間の欲望は、腹に付きそうなくらい反り返り屹立し、膨れた亀頭の先端が先走りの雫を溜めて、びくびく震えている。

「挿入れるぞ」

彼は片手で怒張をあやしながら、濡れそぼったフォスティーヌの蜜口に肉塊を押し当て、そのままずぶりと一気に貫いてきた。

「はあっ、あああぁっ」

重く熱い肉楔に穿たれ、フォスティーヌはあっという間に再び高みに押し上げられた。

根元まで深々と突き入れたオリヴィエは、動きを止めて深いため息を吐く。

「ああ——ようやく、私のものになった」

しみじみ感慨深そうなオリヴィエの声に、フォスティーヌはじんと胸が甘く痺れる。

両手を伸ばし、彼の汗ばんだ顔を優しく包み、心を込めて告げる。

「オリヴィエ様……好き、愛しています」

「フォスティーヌ」

ふいにオリヴィエが律動を開始する。

「ん、あ、あ、は、はぁっぁ」

ばつんばつんと粘膜の打ち当たるくぐもった音とともに、フォスティーヌの最奥で熱い喜悦が繰り返し弾けた。

「ああ、よい、フォスティーヌ、とてもよい」

オリヴィエは熱に浮かされたように繰り返しながら、さらに抜き差しを激しくしていく。

「っ、は、あぁ、オリヴィエ様、私も、私も、いい……っ」

オリヴィエの抽挿に合わせて、自分の内壁が快感に打ち震えてぐうっと収斂するのがわかる。

「く——持っていかれそうだ」

オリヴィエがくるおしげな声を出し、媚悦に強く蠕動《ぜんどう》するフォスティーヌの濡れ襞を、さらに雄々しく押し広げていく。

目も眩《くら》むような愉悦に、フォスティーヌは両手をオリヴィエの首に巻きつけ、しっかりとしがみついた。

「……ぁ、あ、愛してる……オリヴィエ様……っ」

「私も愛している、今までも、これからも、ずっとだ」

オリヴィエも片手をフォスティーヌの背中に回し、強く引き付けてくる。

「ええ、ずっと……あ、あぁっ、あ、も、あ、だめ……っ」

絶頂の大波が迫り、ぎゅうっとフォスティーヌの内壁が収縮する。

「フォスティーヌ、私のフォスティーヌ、一度、達くよ」

「ああ、はぁ、あ、来て、あ、来て、一緒に……っ」

「っ――」

オリヴィエがぐぐっと子宮口まで突き上げたのと同時に、フォスティーヌの媚肉が吸い付くように締め付けた。

どくどくと、熱い飛沫がフォスティーヌの最奥に放出される。

「んんぅ、あ、はぁ、は、ぁあ……っ」

フォスティーヌはオリヴィエの背中を力いっぱい抱きしめ、快感に我を忘れた。

「ああ……ぁ、あぁ、愛してます」

「――愛している、私だけのフォスティーヌ」

二人はぴったりと重なり合い、愛を何度もささやき、口づけを交わした。

そうして、新婚夫婦の夜は長く熱く、更けていくのだった――。


夜明け前。

ふっと、フォスティーヌは目が覚めた。

何度も愛し合い、二人は全裸で抱き合ったまま眠りに落ちていたのだ。

フォスティーヌはそっと、オリヴィエの顔を見上げる。

彼は規則的な呼吸を繰り返し、こんこんと寝入っていた。

なんて安らかな眠り。

フォスティーヌは、この眠りを永遠に守りたいと思う。

「オリヴィエ様、おやすみなさい……愛してます」

フォスティーヌは、オリヴィエの引き締まった胸に顔を押し付け、小さくつぶやいた。

あとがき

皆さん、こんにちは！　すずね凜です。

「没落令嬢は不眠皇帝陛下の抱き枕になりまして」ご購入、感謝します。

本当は愛し合っているのに、様々な事情で互いの本心をなかなか吐露できない二人の、じれじれな恋愛模様をお楽しみいただけたでしょうか？

このお話で、皇帝陛下は不眠症という設定なのですが。

作者の私自身はというと、逆にどこでもいつでも眠れるという特技がございます。

怠け者という説が濃厚ですが——。

ずっと締め切りに追われる生活を送ってきましたので、若い頃は徹夜で仕事をしたものです。

時間がないので、机にうつ伏せて十分だけ睡眠をとり、再び仕事にかかるというような過酷なことを繰り返してきました。

そのせいで、明るくても音があっても床の上でも、横になれば即寝落ちできます。

目を閉じて、頭の中で数を数えるんです。

そうすると、すこん、と眠りに落ちます。

低血圧ですが、寝起きもすこぶる良くて、十分睡眠でもさっと仕事の続きに取りかかれました。

しかし、これも若かったからできたのでしょうね。

現在、徹夜なんて到底できないし、十分睡眠ではぜんぜん回復いたしません。

できれば一日中寝ていたいくらいです（笑）

しかも、若い頃の無茶な生活で、今は身体のあちこちにガタが来ております。

やはり、きちんと布団の上で必要な睡眠をとることが一番ですね。


さて睡眠といえば、夢がつきものですが。

子どもの頃は、よく熱を出していたので、怖い夢を毎回見ました。

誰もいない街を、一人で走っていくという夢をよく見ました。本当に怖くて怖くて、早く目が覚めたいと、夢の中で祈っていました。そういうとき、目が覚めると、大抵祖母が顔を覗き込んでいた記憶があります。祖母が主に看病してくれていたのでしょうね。

目覚めて、誰かがそばにいるというのは、ほんとうにほっとします。

祖母の冷たい手が、おでこに触れるくる感触は、今でも覚えています。祖母はとっくに鬼籍にに入りましたが、思い出は鮮明です。

さて、今回も編集さんには大変お世話になりました。ありがとうございます。

そして、イラストレーターの旭炬先生の華麗なイラストには、感激の極みでございます。美しく色っぽいヒーローと可憐なヒロインに、うっとりしました。ほんとうにありがとうございました。

そして、いつも読んでくださり応援してくださる読者さんには、最大級のお礼を申しげます。

これからも、甘くせつなく官能的な物語をお贈りできるよう、努力してまいります。

すずね凜

Mitsuneko Label

蜜猫文庫をお買い上げいただきありがとうございます。
この作品を読んでのご意見・ご感想をお聞かせください。
あて先は下記の通りです。

〒102-0072　東京都千代田区飯田橋 2-7-3
(株)竹書房　蜜猫文庫編集部
すずね凜先生 / 旭炬先生

没落令嬢は不眠皇帝陛下の抱き枕になりまして

2020 年 4 月 29 日　初版第 1 刷発行
著　者　すずね凜　©SUZUNE Rin 2020
発行者　後藤明信
発行所　株式会社竹書房
〒102-0072 東京都千代田区飯田橋 2-7-3
電話　03(3264)1576(代表)
03(3234)6245(編集部)
デザイン　antenna
印刷所　中央精版印刷株式会社

Printed in JAPAN
ISBN978-4-8019-2249-5　C0193
この作品はフィクションです。実在の人物・団体・事件などには関係ありません。

すずね凛
Illustration 天路ゆうつづ
ママになっても溺愛されてます
孤独な侯爵と没落令嬢のマリッジロマンス
私が守る。
私がお前たちを幸せにする
子供は持たないと言うドラクロア侯爵、ジャン＝クロードと恋仲だったリュシエンヌは、ひそかに産んだ彼の子と静かに暮らしていた。だが難病にかかった娘、ニコレットの手術に多額な費用が必要になり再びジャンを訪ねる。彼はリュシエンヌが自分の愛人になることを条件に援助を承知した。「いい声で啼く。もっと聞かせろ」真実を告げられず、もどかしく思うリュシエンヌ。だがニコレットの愛らしさにジャンの態度も軟化し!?

すずね凛
Illustration 坂本あきら
甘く淫らな婚活指導
今夜はじっくり
君のすみずみまで愛してあげる
妹の結婚を機に婚活を始めたフローラ。意気込みが空回りして軽薄な男性に無体を働かれそうになったところを、美貌の侯爵、クレメンスに助けられる。己の情けなさに泣き出してしまったフローラに彼は婚活の手伝いを申し出る。「いけない子だ。もうそんなキスを覚えて」よく似合う上質のドレスや宝品を贈られ、楽しい逢瀬を重ねた末に与えられる極上の快楽。夢見心地のフローラにクレメンスは結婚相手を自分にしろと言いだし!?

男装姫と絶倫王の激しすぎる蜜夜
すずね凜
Illustration ウエハラ蜂
わかるか、私が君を欲しくて、
こんなに滾っているのを

双子の兄の死を隠すため性別を偽り、王位に就くことになったアレクサンドラ。周囲の手を借りつつ聡明な彼女は滞りなく国を治めていたが、初恋の相手のトラントの国王、ジョスランが国を訪れた際、溢れる思いのままカツラと仮面で変装した女性の姿で彼に会いに行ってしまう。「君が欲しい。君を奪ってもいいだろうか?」お互いに一目で惹かれあい、愛を確かめあった。その後も本当のことを言えぬまま、密かな逢瀬が続くが!?

絶対君主の甘美な寵愛
薄命の王女は愛に乱れ堕ちて
すずね凜
Illustration 旭炬
口づけを。あなたの
可愛い舌を味わわせて
人身御供のような形でハイゼン皇国の皇帝ジルベスターの後宮に入れられたミリセント。貢ぎ物代わりの妻を拒絶するジルベスターに彼女は陛下の子供を産みたいと迫る。二十歳で命を落とす奇病を患う彼女の生きた証を残したいという必死の願いにほだされ、皇帝は優しく彼女を愛する。「この快感の先まであなたの身体にぜんぶ教えて上げる」二人で悦びを分け合う一夜。同情だったはずが日ごとに彼女への愛が募るジルベスターは!?

伽月るーこ
Illustration ことね壱花
国王陛下と秘密の恋
暗がりでとろけるような口づけを
たまらない。
壊してしまいそうになる
幼い頃に父を亡くし母と二人で生きてきたメリナは、母が教鞭をとる王立学校の雑用をしていた。図書館で出会った美しい青年クラウスに危機を救われ、心を見透かすような彼に強く惹かれてしまうが、母が伯爵と再婚することになり王都を離れることになった。別れを告げると、とろけるようなキスと快楽を教えられる「ん。溢れてきた。メリナの身体も素直ないい子だ」しかし貴族の一員に戻るメリナには縁談があると知らされ…？